Diogenes Taschenbuch 20504

de
te
be

Georges Simenon

Maigret und der Mann auf der Bank

Roman

Aus dem Französischen von Annerose Melter

Diogenes

Titel der Originalausgabe:
›Maigret et l'homme du banc‹

Die deutsche Erstausgabe
erschien 1954
Die vorliegende Übersetzung
wurde für die Neuausgabe 1998
überarbeitet
Umschlagzeichnung von
Hans Höfliger

80/98/43/4
ISBN 3 257 20504 X

Inhalt

I

Die gelben Schuhe

Maigret konnte sich das Datum leicht merken, denn es war der Geburtstag seiner Schwägerin, der 19. Oktober. Außerdem war es ein Montag – auch daran mußte er sich erinnern –, denn montags, das lehrt die Erfahrung vom Quai des Orfèvres, lassen sich die allerwenigsten Leute umbringen. Und schließlich hatte der Fall in diesem Jahr den Winter eingeläutet.

Den ganzen Sonntag war ein nieselnder, kühler Regen niedergegangen, und die Dächer und das Pflaster glänzten schwarz. Ein gelblicher Nebel kroch durch die Fensterritzen ins Zimmer, so daß Madame Maigret gesagt hatte: »Es wird Zeit, daß Filzstreifen zwischen die Fenster kommen.« Seit mindestens fünf Jahren versprach Maigret in jedem Herbst, sie ›am nächsten Sonntag‹ anzubringen.

»Du solltest lieber deinen dicken Mantel anziehen.«

»Wo ist er?«

»Ich hole ihn.«

Um halb neun Uhr morgens brannte noch Licht in den Wohnungen. Maigrets Überzieher roch nach Mottenpulver.

Tagsüber hatte es nicht geregnet, aber die Luft war feucht geblieben, so daß das Pflaster nicht trocknen konnte und dort, wo viele Leute gingen, ein schmieriger Film entstand. Dann, gegen vier Uhr nachmittags, kurz vor Einbruch der

Dämmerung, legte sich wieder derselbe gelbliche Nebel wie am Morgen auf Paris und verhüllte das Licht der Laternen und der Schaufenster.

Weder Lucas noch Janvier, noch der kleine Lapointe waren im Büro gewesen, als das Telefon geläutet hatte. Santoni, ein Korse, Neuling in der Abteilung, der zehn Jahre im Glücksspiel- und dann im Sittendezernat tätig gewesen war, hatte sich am Apparat gemeldet.

»Es ist Inspektor Neveu vom dritten Bezirk, Chef. Er fragt, ob er Sie persönlich sprechen kann. Es scheint dringend zu sein.«

Maigret hatte den Hörer ergriffen.

»Was gibt's, mein Lieber?«

»Ich rufe aus einem Bistro am Boulevard Saint-Martin an. Hier ist soeben ein Mann gefunden worden. Durch Messerstiche getötet.«

»Auf dem Boulevard?«

»Nein, nicht direkt. In einer Art Sackgasse.«

Neveu war ein alter Hase und hatte sofort erraten, was Maigret dachte. Messerstechereien sind, zumal in schlechten Gegenden, nur selten interessant: Betrunkene, die aneinandergeraten, oder die einschlägigen Spanier und Nordafrikaner, die eine Rechnung zu begleichen haben.

Neveu hatte deshalb eilig hinzugefügt:

»Der Fall erscheint mir merkwürdig. Vielleicht kommen Sie am besten her. Es ist zwischen dem großen Juweliergeschäft und dem Laden für künstliche Blumen.«

»Ich komme.«

Es war das erstemal, daß der Kommissar Santoni in dem kleinen schwarzen Auto der Kriminalpolizei mitnahm, und der Parfumgeruch, der von dem Inspektor ausging, war ihm nicht gerade angenehm. Santoni trug, weil er klein war, hohe Absätze. Sein Haar hatte er mit Pomade eingefettet, und an seinem Ringfinger prangte ein großer gelber, wahrscheinlich unechter Brillant.

Wie schwarze Schatten huschten die Fußgänger in der Dunkelheit vorbei, und ihre Sohlen machten auf dem schmutzigen Pflaster schmatzende Geräusche. Auf dem Bürgersteig des Boulevard Saint-Martin hatte sich eine Gruppe von etwa dreißig Menschen gebildet, die von zwei Polizisten in Pelerinen zurückgedrängt wurden.

Neveu wartete schon und öffnete den Wagenschlag. »Ich habe den Arzt gebeten, hierzubleiben, bis Sie da sind.«

Es war gerade die Zeit, da der Verkehr in diesem dichtbevölkerten Teil der Grands Boulevards seinen Höhepunkt erreichte. Die große Leuchtuhr über dem Juweliergeschäft zeigte fünf Uhr zwanzig. Der Laden mit den künstlichen Blumen, der nur ein Schaufenster hatte, war schlecht beleuchtet und wirkte so trübe und verstaubt, daß zu bezweifeln war, ob sich je ein Kunde dorthin verirrte.

Zwischen den beiden Geschäften stieß eine winzige Sackgasse auf den Boulevard, die man leicht übersehen konnte. Es war im Grunde nur ein unbeleuchteter Durchgang zwischen zwei Hauswänden. Wahrscheinlich führte er auf einen der zahllosen Höfe in diesem Viertel.

Neveu bahnte Maigret einen Weg durch die Zuschauermenge. Drei oder vier Meter entfernt warteten im Dunkel der Sackgasse einige Männer. Zwei von ihnen hielten Taschenlampen in den Händen. Trotzdem mußte man schon sehr genau hinschauen, um ihre Gesichter zu erkennen.

Es war hier noch feuchter und kälter als auf dem Boulevard, und es zog beständig. Ein Hund, den einer der Männer vergeblich wegscheuchte, schlüpfte ihnen immer wieder zwischen den Beinen hindurch.

Vor der abgeblätterten Hauswand lag ein Mann der Länge nach auf dem Boden. Der eine Arm krümmte sich unter seinem Körper, während der andere mit der ausgestreckten blassen Hand fast den Durchgang versperrte.

»Tot?«

Der Arzt aus dem Viertel nickte:

»Der Tod muß sofort eingetreten sein.«

Wie um diese Worte zu unterstreichen, glitt der Lichtkegel einer Taschenlampe über die Leiche, von der sich das immer noch im Rücken steckende Messer seltsam abhob. Der Schein der anderen Lampe fiel auf das Gesicht, auf ein geöffnetes Auge, eine Wange, die sich beim Sturz des Opfers an den Mauersteinen aufgeschürft hatte.

»Wer hat ihn gefunden?«

Einer der Polizisten in Uniform, der nur auf diesen Augenblick gewartet hatte, trat vor. Seine Gesichtszüge waren kaum zu erkennen. Er war jung, aufgeregt.

»Ich habe gerade meine Runde gemacht. Dabei werfe ich gewöhnlich einen Blick in all diese Sackgassen, weil es immer Leute gibt, die dort im Schutz der Dunkelheit ihre Schweinereien treiben. Ich sah eine Gestalt auf dem Boden liegen. Im ersten Moment dachte ich, es sei ein Betrunkener.«

»War er schon tot?«

»Ich glaube, ja. Aber der Körper war noch warm.«

»Wann war das?«

»Vier Uhr fünfundvierzig. Ich pfiff einen Kollegen herbei und rief dann sofort die Wache an.«

Neveu fiel ihm ins Wort:

»Ich habe den Anruf entgegengenommen und mich gleich auf den Weg gemacht.«

Das Polizeirevier des Viertels war um die Ecke, in der Rue Notre Dame de Nazareth.

»Ich habe meinen Kollegen beauftragt, den Arzt zu benachrichtigen«, fuhr Neveu fort.

»Hat niemand etwas gehört?«

»Nicht, daß ich wüßte.«

Etwas tiefer in der Sackgasse konnte man unter dem schwachen Schein eines Oberlichts eine Tür erkennen.

»Wohin führt die?«

»In das Büro des Juweliers. Sie wird selten benutzt.«

Bevor Maigret vom Quai des Orfèvres losgefahren war, hatte er den Erkennungsdienst verständigt. Die Experten trafen jetzt mit Fotoapparaten und Spezialwerkzeug ein. Wie alle Techniker kümmerten sie sich nur um ihre Aufgabe, stellten keinerlei Fragen und zerbrachen sich den Kopf, wie sie in einem so engen Gang ihre Arbeit verrichten sollten.

»Was ist weiter hinten im Hof?« fragte Maigret.

»Nichts. Nur Mauern und eine seit langem vernagelte Tür, die zu einem Haus in der Rue Meslay führt.«

Offensichtlich war der Mann von hinten erstochen worden, als er ein paar Schritte in die Gasse hineingegangen war. Jemand war ihm unbemerkt gefolgt. Und in dem Strom der Passanten draußen auf dem Boulevard hatte keiner etwas gesehen.

»Ich habe seine Taschen durchsucht und diese Brieftasche hier gefunden«, sagte Neveu und reichte sie Maigret. Einer der Männer vom Erkennungsdienst richtete unaufgefordert seine Lampe, die viel stärker als die des Inspektors war, auf die Brieftasche. Diese war ganz gewöhnlich, weder neu noch sonderlich abgenutzt, von guter Qualität, mehr nicht. Sie enthielt drei Tausendfrancsscheine und einige Hunderter sowie einen auf den Namen Louis Thouret ausgestellten Personalausweis, aus dem hervorging, daß dieser Lagerverwalter war und in der Rue des Peupliers Nummer 37 in Juvisy wohnte. Außerdem befanden sich in der Brieftasche noch ein Wahlausweis auf denselben Namen, ein Blatt Papier, auf das fünf oder sechs Worte mit Bleistift geschrieben waren, und eine sehr alte Fotografie eines kleinen Mädchens.

»Können wir anfangen?«

Maigret nickte. Blitzlichter flammten auf, Auslöser klickten. Am Eingang der Gasse drängten sich zunehmend Schaulustige, die die Polizei nur mit Mühe fernhalten konnte.

Nachdem die Aufnahmen gemacht waren, zogen die Leute vom Erkennungsdienst behutsam das Messer aus dem Rücken, legten es in einen Spezialkasten und drehten dann endlich die Leiche herum. Das Gesicht eines Mannes von vierzig bis fünfzig Jahren kam zum Vorschein, in dem nichts als große Verwunderung stand.

Er hatte nicht gewußt, wie ihm geschah. Er war gestorben, ohne zu verstehen. Die Überraschung in seinen Zügen hatte etwas so Kindliches, so wenig Tragisches, daß einer der Männer nervös auflachte.

Der Tote war sauber und gepflegt gekleidet. Er trug einen

dunklen Anzug und einen beigen Übergangsmantel. Seine seltsam verrenkten Füße steckten in gelben Schuhen, die nicht zur Atmosphäre dieses Tages paßten.

Bis auf die Schuhe wirkte er so unauffällig, daß niemand auf der Straße oder auf einer der zahlreichen Café-Terrassen am Boulevard ihn beachtet hätte. Dennoch meinte der Polizist, der ihn entdeckt hatte:

»Mir ist, als hätte ich ihn schon einmal gesehen.«

»Wo?«

»Ich erinnere mich nicht. Sein Gesicht ist mir irgendwie vertraut. Wissen Sie, er gehört zu den Leuten, denen man täglich begegnet, ohne auf sie zu achten.«

Neveu stimmte zu: »Mir kommt er auch bekannt vor. Wahrscheinlich hat er hier im Viertel gearbeitet.«

Aber das gab nicht den geringsten Hinweis darauf, was Louis Thouret in dieser Sackgasse, die nirgendwo hinführte, gewollt hatte. Maigret wandte sich an Santoni, weil dieser lange bei der Sitte gearbeitet hatte. Tatsächlich gibt es gerade in diesem Viertel einige Sonderlinge, die allen Grund haben, sich abseits zu halten. Die Polizei kennt sie fast alle, manche bekleiden hohe Ämter. Hin und wieder wird einer erwischt; kaum freigelassen, beginnen sie ihr Treiben von neuem.

Aber Santoni schüttelte den Kopf: »Nie gesehen.«

Daraufhin entschied Maigret: »Machen Sie weiter, Messieurs. Wenn Sie fertig sind, lassen Sie ihn ins Gerichtsmedizinische Institut bringen. Und wir machen einen Besuch bei seiner Familie, falls er eine hat«, wandte er sich an Santoni.

Eine Stunde später, und er hätte sich wahrscheinlich nicht

mehr selbst nach Juvisy begeben. Aber er hatte den Wagen und war vor allem durch die so ganz besondere Gewöhnlichkeit dieses Mannes und seines Berufes neugierig geworden.

»Nach Juvisy!«

Sie hielten kurz an der Porte d'Italie, um in einem Bistro schnell ein Bier zu trinken. Dann fuhren sie über die Landstraße. Scheinwerfer blendeten, ein Lastwagen nach dem anderen wurde überholt. Am Bahnhof von Juvisy erkundigten sie sich nach der Rue des Peupliers, mußten aber nicht weniger als fünfmal fragen, bis sie die richtige Auskunft erhielten.

»Das ist ganz da drüben in der Siedlung. Sie müssen genau auf die Straßenschilder achten. Die Straßen tragen alle die Namen von Bäumen und sehen alle gleich aus.«

Sie fuhren an dem riesigen Rangierbahnhof vorbei, wo ständig lange Züge von einem Gleis auf das andere geschoben wurden. Zwanzig Lokomotiven dampften, pfiffen und keuchten; mit dumpfem Gepolter stießen die Waggons aneinander. Zur Rechten erstreckte sich ein Neubauviertel, dessen enges Straßengitter von elektrischen Laternen erleuchtet war. Dort standen Hunderte, vielleicht auch Tausende kleiner Häuser, die sich alle wie ein Ei dem anderen glichen. Die Bäume, die den Straßen ihre Namen gaben, hatten noch keine Zeit zum Wachsen gehabt. Die Gehwege waren stellenweise ungepflastert. Hier und da sah man dunkle Löcher, unbebautes Gelände, während an anderen Stellen in kleinen Gärtchen die letzten Herbstblumen welkten.

Eichenstraße ... Fliederstraße ... Buchenstraße ... Vielleicht würde eines Tages diese ganze Gegend einem großen Park gleichen, wenn die wie aus einem Kinderbaukasten zusammengefügten Billighäuser nicht einstürzten, bevor die Bäume ausgewachsen waren.

Hinter den Küchenfenstern sah man Frauen das Abendessen vorbereiten. Die Straßen waren verlassen. Die vereinzelten kleinen Lädchen wirkten allzu neu, wie von Dilettanten geführt.

»Versuch's mal links.«

Sie fuhren zehn Minuten im Kreis, bis sie an ein blaues Straßenschild kamen, das den gesuchten Namen trug. Dann verpaßten sie das Haus, weil Nummer 37 gleich nach Nummer 21 kam. Im Erdgeschoß der Nummer 37 brannte nur ein Licht – offensichtlich in der Küche. Hinter dem Vorhang bewegte sich eine ziemlich korpulente Frau.

»Also los«, seufzte Maigret und zwängte sich nicht ohne Mühe aus dem kleinen Auto.

Er klopfte seine Pfeife am Absatz aus. Als er den Gehweg überquerte, regte sich der Vorhang, und das Gesicht einer Frau erschien am Fenster. Sie war es wohl nicht gewohnt, daß ein Auto vor ihrem Häuschen hielt. Maigret stieg drei Stufen zu einer hochglanzlackierten Haustür hinauf, in die zwei kleine, mit Schmiedeeisen vergitterte Fenster aus dunkelblauem Glas eingelassen waren. Er suchte nach dem Klingelknopf, aber bevor er ihn gefunden hatte, rief schon jemand hinter der Tür: »Wer ist da?«

»Madame Thouret?«

»Ja, das bin ich.«

»Ich möchte Sie sprechen.«

Sie öffnete noch nicht.

»Polizei«, fügte Maigret halblaut hinzu.

Daraufhin entschied sie sich, die Kette abzunehmen und aufzuschließen. Durch einen Spalt, der nur einen Teil ihres Gesichtes erkennen ließ, musterte sie die beiden Männer vor dem Eingang.

»Was wollen Sie?«

»Ich muß Sie sprechen.«

»Was beweist mir, daß Sie von der Polizei sind?«

Es war purer Zufall, daß Maigret seine Marke in der Tasche hatte. Meistens ließ er sie zu Hause. Er hielt sie in den Lichtkegel.

»Gut. Ich hoffe, sie ist echt.«

Sie ließ sie eintreten. Der Flur war eng, die Wände weiß gestrichen, Türen und Scheuerleisten aus lackiertem Holz. Die Küchentür stand noch offen. Die Frau führte sie in das Zimmer neben der Küche und knipste das Licht an.

Sie war ungefähr so alt wie ihr Mann, aber dicker als er, ohne jedoch fett zu wirken. Sie hatte einen kräftigen Knochenbau und eine straffe Figur. Über ihrem grauen Kleid trug sie eine Schürze, die sie mechanisch abstreifte. Sie wirkte streng.

Sie standen in einem rustikal eingerichteten Eßzimmer, das gleichzeitig wohl auch als Salon diente. Alles war an seinem Platz, wie in einem Schaufenster oder in den Verkaufsräumen eines Möbelhändlers. Nichts lag herum, keine Pfeife, keine Zigarettenschachtel, keine Handarbeit, keine Zeitung, nichts, was darauf schließen ließ, daß hier Menschen einen Teil ihres Lebens verbrachten. Die Frau bot ihnen keinen Stuhl an, sondern musterte die Schuhe der Männer, als fürchte sie um ihr blankgeputztes Linoleum.

»Was haben Sie mir zu sagen?«

»Ihr Mann heißt doch Louis Thouret?«

Sie runzelte die Brauen, deutlich bemüht, den Zweck dieses Besuches zu erraten, und nickte dann stumm.

»Er arbeitet in Paris?«

»Er ist stellvertretender Direktor bei Kaplan & Zanin in der Rue de Bondy.«

»Hat er nie als Lagerverwalter gearbeitet?«

»Doch, früher einmal.«

»Ist das lange her?«

»Einige Jahre. Aber schon damals war er der eigentliche Leiter des Hauses.«

»Haben Sie vielleicht ein Foto von ihm?«

»Wofür?«

»Ich möchte mich vergewissern...«

»Worüber vergewissern?«

Sie wurde immer argwöhnischer und fragte:

»Ist Louis etwas zugestoßen?«

Unwillkürlich blickte sie auf die Uhr in der Küche nebenan. Sie schien nachzurechnen, wo ihr Mann zu dieser Tageszeit sein mußte.

»Ich möchte mich vor allen Dingen vergewissern, ob er es auch wirklich ist.«

»Auf dem Büfett...«, sagte sie.

Dort standen fünf oder sechs Fotos in Metallrahmen, darunter das eines jungen Mädchens und das des in der Sackgasse erstochenen Mannes. Er war auf dem Bild jünger und trug Schwarz.

»Wissen Sie, ob Ihr Mann Feinde hat?«

»Warum sollte er Feinde haben?« antwortete sie und ging

einen Augenblick in die Küche, um das Gas abzudrehen, denn auf dem Herd kochte etwas.

»Wann kommt er gewöhnlich von seiner Arbeit zurück?«

»Er nimmt immer den gleichen Zug, den um sechs Uhr zweiundzwanzig von der Gare de Lyon. Unsere Tochter kommt mit dem nächsten Zug, sie hat erst etwas später Feierabend. Sie hat eine Vertrauensposition und...«

»Ich muß Sie leider bitten, uns nach Paris zu begleiten.«

»Ist Louis tot?«

Sie sah die beiden Männer mit dem festen Blick einer Frau an, die es nicht erträgt, belogen zu werden.

»Sagen Sie mir die Wahrheit.«

»Er ist heute nachmittag ermordet worden.«

»Wo?«

»In einer Sackgasse am Boulevard Saint-Martin.«

»Was hat er da gemacht?«

»Ich weiß es nicht.«

»Um wieviel Uhr?«

»Soweit es sich feststellen läßt, kurz nach halb fünf.«

»Um halb fünf ist er bei Kaplan. Haben Sie mit der Firma gesprochen?«

»Wir hatten noch keine Zeit dazu. Außerdem wußten wir nicht, wo er arbeitete.«

»Wer hat ihn ermordet?«

»Das wissen wir noch nicht.«

»War er alleine?«

Maigret wurde ungeduldig.

»Wollen Sie sich jetzt nicht lieber anziehen und mit uns kommen?«

»Was haben Sie mit ihm gemacht?«

»Er wird inzwischen ins Gerichtsmedizinische Institut gebracht worden sein.«

»Das Leichenschauhaus?«

Was sollte Maigret antworten?

»Wie kann ich meine Tochter benachrichtigen?«

»Sie könnten ihr einen Zettel schreiben.«

Sie überlegte. »Nein, wir fahren bei meiner Schwester vorbei, und ich gebe ihr den Hausschlüssel. Sie kann dann hierherkommen und auf Monique warten. Müssen Sie sie auch sehen?«

»Wahrscheinlich.«

»Wo kann sie uns treffen?«

»In meinem Büro am Quai des Orfèvres, das wäre das einfachste. Wie alt ist sie?«

»Zweiundzwanzig.«

»Können Sie sie nicht anrufen?«

»Wir haben kein Telefon. Außerdem ist sie jetzt schon auf dem Weg zum Bahnhof. Warten Sie bitte.«

Sie ging die Treppe hinauf, deren Stufen nicht aus Altersschwäche, sondern des leichten Holzes wegen knarrten. Das ganze Haus war anscheinend aus billigsten Materialien gebaut, die zum Altwerden nicht taugen würden.

Die beiden Männer schauten sich stumm an, während sie die Frau über ihren Köpfen hin und her gehen hörten. Bestimmt zog sie sich jetzt ein schwarzes Kleid an und frisierte sich noch einmal.

Als sie herunterkam, wechselten sie wieder stumm einen Blick. Sie hatten richtig geraten. Sie war bereits in Trauerkleidung und duftete nach Kölnisch Wasser.

»Ich muß noch das Licht ausmachen und den Haupthahn abdrehen. Wenn Sie draußen warten wollen...«

Sie zögerte, in das kleine Auto zu steigen, als fürchte sie, nicht hineinzupassen. Im Nachbarhaus lugte jemand aus einem Fenster.

»Meine Schwester wohnt zwei Straßen von hier. Der Chauffeur braucht nur rechts einzubiegen. Es ist dann gleich die zweite Straße links.«

Die beiden Häuser glichen einander wie Zwillinge. Nur die Farbe der Fensterchen in der Eingangstür war anders: aprikosengelb.

»Ich bin gleich wieder da.«

Sie blieb dennoch fast eine Viertelstunde fort und kam dann in Begleitung einer Frau zurück, die ihr verblüffend ähnelte und ebenfalls schwarz gekleidet war.

»Meine Schwester will mitfahren. Ich denke, wenn wir ein bißchen zusammenrücken, wird es schon gehen. Mein Schwager wird bei mir zu Hause auf meine Tochter warten. Er ist Eisenbahnschaffner und hat heute seinen freien Tag.«

Maigret setzte sich neben den Chauffeur. Die beiden Frauen ließen sich hinten bei Inspektor Santoni nieder, der nicht mehr viel Platz hatte. Hin und wieder hörte man sie flüstern, und es klang, als säßen sie im Beichtstuhl.

Als sie im Gerichtsmedizinischen Institut beim Pont d'Austerlitz ankamen, war die Leiche von Louis Thouret nach Maigrets Anweisungen noch angezogen auf eine Steinplatte gebettet. Während Maigret die Decke vom Gesicht des Toten zurückschlug, beobachtete er die beiden Frauen, die er jetzt zum erstenmal in vollem Licht sah. Vorhin im

Straßendunkel hatte er sie für Zwillinge gehalten. Jetzt erkannte er, daß die Schwester drei oder vier Jahre jünger war und daß ihr Körper eine gewisse, wohl auch bald schwindende Geschmeidigkeit bewahrt hatte.

»Erkennen Sie ihn wieder?«

Madame Thouret hielt ihr Taschentuch in der Hand, weinte aber nicht. Ihre Schwester hatte sie untergefaßt, wie um sie zu stützen.

»Es ist Louis, ja. Mein armer Louis. Als er mich heute morgen verließ, hat er nicht geahnt...«

Und jäh setzte sie hinzu:

»Werden ihm nicht die Augen zugedrückt?«

»Sie können es jetzt tun.«

Sie blickte ihre Schwester an, und sie schienen sich zu fragen, wer diese Aufgabe nun übernehmen sollte. Schließlich tat es die Ehefrau, nicht ohne eine gewisse Feierlichkeit, wobei sie murmelte:

»Armer Louis.«

Da fielen ihr die Schuhe auf, die unter der Decke hervorragten, und sie runzelte die Brauen:

»Was ist denn das?«

Maigret begriff nicht sofort.

»Wer hat ihm diese Schuhe angezogen?«

»Er hatte sie an, als wir ihn gefunden haben.«

»Das ist nicht möglich. Niemals hat Louis gelbe Schuhe getragen. Jedenfalls nicht in den sechsundzwanzig Jahren unserer Ehe. Er wußte, daß ich das nie geduldet hätte. Sieh doch bloß, Jeanne!«

Jeanne nickte nur.

»Vielleicht sollten Sie sich vergewissern, ob die Kleidungsstücke, die er trägt, ihm gehören. Es besteht doch wohl kein Zweifel, daß er es ist?«

»Nein, nicht der geringste. Aber das sind nicht seine Schuhe. Ich habe sie jeden Tag geputzt und werde sie also kennen. Heute morgen hatte er seine schwarzen Schuhe an, die mit den Doppelsohlen, die er bei der Arbeit trug.«

Maigret schob die Decke ganz zurück.

»Ist das sein Mantel?«

»Ja.«

»Sein Anzug?«

»Ja, auch sein Anzug. Aber es ist nicht seine Krawatte. Er hätte nie eine so auffällige Krawatte getragen. Die hier ist ja fast rot.«

»Führte Ihr Mann ein geregeltes Leben?«

»So geregelt es nur sein kann, meine Schwester wird Ihnen das bestätigen. Morgens stieg er an der Straßenecke in den Autobus, mit dem er rechtzeitig zu dem Zug um acht Uhr siebzehn den Bahnhof von Juvisy erreichte. Er fuhr immer zusammen mit Monsieur Beaudoin, unserem Nachbarn, der beim Finanzamt ist. An der Gare de Lyon nahm er dann die Metro und fuhr bis zur Station Saint-Martin.«

Der Angestellte des Gerichtsmedizinischen Instituts gab Maigret ein Zeichen, woraufhin dieser die beiden Frauen an einen Tisch führte, auf dem die Gegenstände aus den Taschen des Toten aufgereiht waren.

»Ich nehme an, daß Sie diese Dinge wiedererkennen?«

Da lagen eine silberne Taschenuhr mit Kette, ein Taschentuch ohne Monogramm, ein angebrochenes Päckchen Gauloises, ein Feuerzeug, ein Schlüssel und neben der Brieftasche zwei kleine blaue Kärtchen. Sofort fiel Madame Thourets Blick auf diese Kärtchen.

»Kinokarten«, sagte sie.

Nachdem Maigret die Karten genauer betrachtet hatte, meinte er:

»Sie sind von einem Kino am Boulevard Bonne-Nouvelle. Wenn ich die Zahlen richtig entziffere, waren sie für heute gelöst.«

»Das kann nicht sein. Was sagst du dazu, Jeanne?«

»Mir kommt es merkwürdig vor«, erwiderte die Schwester bedächtig.

»Wollen Sie einen Blick auf den Inhalt der Brieftasche werfen?«

Sie tat es, und wieder verdüsterte sich ihr Gesicht.

»Louis hatte heute früh nicht so viel Geld bei sich.«

»Sind Sie sicher?«

»Ich überzeugte mich jeden Tag davon, wieviel Geld er in seiner Tasche hatte. Er trug niemals mehr als einen Tausendfrancsschein und zwei oder drei Hunderter bei sich.«

»Hatte er Geld in Aussicht?«

»Es ist doch nicht Monatsende!«

»Hatte er, wenn er abends zurückkam, immer noch den gleichen Betrag in der Tasche?«

»Abzüglich der Kosten für die Metro und seinen Tabak. Für die Bahn hatte er eine Monatskarte.«

Sie zögerte, die Brieftasche in ihre Handtasche zu stekken.

»Sie werden sie wohl noch brauchen?«

»Vorläufig ja.«

»Daß man ihm die Schuhe und seine Krawatte gewechselt

hat, verstehe ich am allerwenigsten. Und wieso war er zu der Zeit, als es passierte, nicht in seinem Geschäft?«

Maigret ging nicht darauf ein, sondern legte ihr einige Formulare zur Unterschrift vor.

»Fahren Sie nach Hause zurück?«

»Wann können wir den Leichnam bekommen?«

»Wahrscheinlich in ein oder zwei Tagen.«

»Wird er obduziert?«

»Möglicherweise wird der Untersuchungsrichter das anordnen, aber sicher ist es nicht.«

Sie sah auf ihre Uhr.

»In zwanzig Minuten geht ein Zug«, sagte sie zu ihrer Schwester. Und zu Maigret:

»Könnten Sie uns am Bahnhof absetzen?«

»Willst du nicht auf Monique warten?«

»Sie wird schon alleine nach Hause kommen.«

So machte man den Umweg über die Gare de Lyon, und Maigret und Santoni sahen dann die zwei so ähnlichen Frauen die Steinstufen hinaufsteigen.

»Zähes Weib!« brummte Santoni, »der arme Kerl hatte bestimmt nichts zu lachen.«

»Jedenfalls nicht bei ihr.«

»Was halten Sie von der Geschichte mit den Schuhen? Wenn sie neu wären, könnte er sie gerade erst gekauft haben.«

»Das hätte er nicht gewagt. Hast du nicht gehört, was sie sagte?«

»Weder gelbe Schuhe noch eine auffällige Krawatte hätte sie geduldet.«

»Ich bin gespannt, ob die Tochter so ist wie die Mutter.«

Sie fuhren nicht gleich zum Quai des Orfèvres zurück, sondern hielten vor einer Brasserie, um dort zu Abend zu essen. Maigret rief zu Hause an und sagte seiner Frau, daß es wahrscheinlich spät würde.

In dem Lokal hingen überall feuchte Mäntel und Hüte. Es roch nach Winter. Die Fensterscheiben waren beschlagen.

Als sie vor dem Portal des Polizeipräsidiums ankamen, meldete der Pförtner:

»Ein junges Mädchen hat nach Ihnen gefragt. Sie scheint bestellt zu sein. Ich habe sie nach oben geschickt.«

»Wartet sie schon lange?«

»Etwa zwanzig Minuten.«

Aus dem Nebel war Nieselregen geworden, und auf den immer staubigen Stufen der breiten Treppe schimmerten feuchte Fußspuren. Die meisten Büros waren leer. Nur unter einzelnen Türen sah man noch Licht.

»Soll ich noch bleiben?« fragte Santoni.

Maigret nickte. Da Santoni nun einmal von Anfang an dabei war, sollte er die Untersuchung auch weiter mit ihm durchführen.

Ein junges Mädchen saß in einem Sessel im Vorzimmer. Ihr hellblauer Hut stach ins Auge. Der Raum war nur schlecht beleuchtet. Der Bürodiener las in einer Abendzeitung.

»Sie wartet auf Sie, Chef.«

»Ich weiß«, antwortete Maigret und wandte sich an das Mädchen.

»Mademoiselle Thouret? Wollen Sie bitte mit mir in mein Büro kommen?«

Er knipste die Lampe mit dem grünen Schirm an, deren Schein auf den ihm gegenüberstehenden Sessel fiel. Dann bat er sie, dort Platz zu nehmen, und sah, daß sie geweint hatte.

»Mein Onkel hat mir mitgeteilt, daß mein Vater tot ist.«

Er antwortete nicht sofort. Wie ihre Mutter hielt auch sie ein Taschentuch in der Hand, aber ihres war zerknüllt; unablässig zupfte sie daran – eine Bewegung, die Maigret daran erinnerte, wie er als Kind Knetgummi zwischen den Fingern zerrieben hatte.

»Ich dachte, Mama wäre bei Ihnen.«

»Sie ist nach Juvisy zurückgefahren.«

»Wie hat sie es aufgenommen?«

Was sollte er antworten?

»Ihre Mutter war sehr tapfer.«

Monique war recht hübsch. Sie sah ihrer Mutter nicht besonders ähnlich, hatte von ihr nur den starken Knochenbau, der aber wegen ihrer jugendlichen und sonst zierlichen Gestalt weniger auffiel. Sie trug ein gutgeschnittenes Kostüm, was den Kommissar ein wenig überraschte, denn sie konnte es weder selbst geschneidert noch besonders preiswert erstanden haben.

»Was ist mit ihm geschehen?« fragte sie nach einer Weile, und ihre Augen wurden feucht.

»Ihr Vater ist erstochen worden.«

»Wann?«

»Heute nachmittag, zwischen halb und dreiviertel fünf.«

»Wie ist das möglich?«

Warum hatte Maigret den Eindruck, daß sie nicht ganz aufrichtig war? Die Mutter hatte auch ziemlich spröde gewirkt, was aber durchaus ihrem Charakter entsprach. Im

Grunde fand es Madame Thouret entwürdigend, sich in einer Sackgasse des Boulevard Saint-Martin ermorden zu lassen. Sie hatte ihr Leben und das ihrer Familie gut im Griff, und dieser Tod sprengte den festgesetzten Rahmen. Vor allem, da der Tote gelbe Schuhe und eine fast rote Krawatte trug!

Monique dagegen wirkte eher vorsichtig, als befürchte sie gewisse Enthüllungen, gewisse Fragen.

»Haben Sie Ihren Vater gut gekannt?«

»Aber... natürlich...«

»Selbstverständlich, Sie kannten ihn, wie jeder seine Eltern kennt. Ich meine mit meiner Frage nur, ob Sie sich besonders vertraut waren, ob er mit Ihnen manchmal über seine Gefühle, seine Gedanken sprach...«

»Er war ein guter Vater.«

»War er glücklich?«

»Ich nehme es an.«

»Haben Sie ihn in Paris manchmal getroffen?«

»Ich verstehe Ihre Frage nicht. Meinen Sie auf der Straße?«

»Sie arbeiteten beide in Paris. Ich habe schon gehört, daß Sie nicht denselben Zug nahmen.«

»Wir hatten nicht dieselbe Arbeitszeit.«

»Sie hätten sich vielleicht manchmal zum Mittagessen treffen können.«

»Manchmal ja.«

»Oft?«

»Nein, nur selten.«

»Haben Sie ihn dann vom Geschäft abgeholt?«

Sie zögerte. »Nein, wir trafen uns in einem Restaurant.«

»Haben Sie mit ihm telefoniert?«

»Ich kann mich nicht erinnern.«

»Wann haben Sie das letzte Mal zusammen gegessen?«

»Vor mehreren Monaten. Vor den Sommerferien.«

»In welchem Viertel?«

»In der Chope Alsacienne, einem Restaurant am Boulevard Sébastopol.«

»Wußte Ihre Mutter davon?«

»Vermutlich habe ich es ihr gesagt, aber genau kann ich mich nicht mehr daran erinnern.«

»War Ihr Vater ein heiterer Mensch?«

»Er war recht zufrieden, glaube ich.«

»War er gesund?«

»Ich habe ihn nie krank gesehen.«

»Freunde?«

»Wir hatten hauptsächlich mit meinen Tanten und Onkeln zu tun.«

»Sind das viele?«

»Zwei Tanten und zwei Onkel.«

»Und alle wohnen in Juvisy?«

»Ja, nicht weit von uns. Mein Onkel Albert, der Mann meiner Tante Jeanne, hat mir Papas Tod mitgeteilt. Meine Tante Céline wohnt etwas weiter weg.«

»Sind alle beide Schwestern Ihrer Mutter?«

»Ja. Und Onkel Julien, Tante Célines Mann, arbeitet ebenfalls bei der Eisenbahn.«

»Haben Sie einen Freund, Mademoiselle Monique?«

Ein wenig verlegen antwortete sie:

»Es ist wohl nicht der richtige Augenblick, darüber zu sprechen. Muß ich meinen Vater sehen?«

»Wie meinen Sie das?«

»So wie ich meinen Onkel verstanden habe, sollte ich ihn identifizieren.«

»Ihre Mutter und Ihre Tante haben das schon getan. Aber, wenn Sie wollen...«

»Nein. Ich werde ihn ja wohl zu Hause sehen.«

»Noch etwas, Mademoiselle Monique. Hat Ihr Vater, wenn Sie ihn in Paris trafen, manchmal gelbe Schuhe getragen?«

Sie antwortete nicht sofort. Um Zeit zu gewinnen, wiederholte sie: »Gelbe Schuhe?«

»Ja. Ein ganz helles Braun, wenn Ihnen das mehr sagt. Zu meiner Zeit nannte man die Farbe solcher Schuhe – entschuldigen Sie den Ausdruck – Gänsekacke.«

»Ich kann mich nicht daran erinnern.«

»Sie haben auch nie eine rote Krawatte an ihm gesehen?«

»Nein.«

»Wann sind Sie zum letztenmal im Kino gewesen?«

»Gestern nachmittag.«

»In Paris?«

»In Juvisy.«

»Ich will Sie nicht länger aufhalten. Ich vermute, Ihr Zug geht bald.«

»In fünfunddreißig Minuten.«

Sie sah auf ihre Armbanduhr, stand auf, zögerte einen Augenblick.

»Guten Abend«, sagte sie schließlich.

»Guten Abend, Mademoiselle. Ich danke Ihnen.«

Maigret begleitete sie zur Tür und schloß sie hinter ihr wieder.

2

Die alte Jungfer mit der dicken Nase

Maigret wußte nicht recht, warum, aber den Teil der Grands Boulevards, der sich von der Place de la République bis zur Rue Montmartre erstreckt, hatte er schon immer gemocht. Dies war seine Gegend. Hier, am Boulevard Bonne-Nouvelle, wenige hundert Meter von der Sackgasse entfernt, in der Louis Thouret ermordet worden war, ging er fast jede Woche mit seiner Frau ins Kino. Arm in Arm begaben sie sich zu Fuß dorthin, so wie man einen kleinen Besuch in der Nachbarschaft macht. Genau gegenüber dem Kino befand sich die Brasserie, in der ihm das Sauerkraut so gut schmeckte.

Ein Stück weiter, zur Oper und zur Madeleine hin, waren die Boulevards breiter und eleganter. Zwischen der Porte Saint-Martin und der Place de la République wurden sie schmaler und dunkler. Dort konnte einem manchmal von dem dichten Gewimmel fast schwindlig werden.

Maigret war gegen halb neun von zu Hause weggegangen. Es war ein grauer, nicht so feuchter, aber kälterer Morgen als der vorangegangene. In einer knappen Viertelstunde hatte er ohne Eile den Teil der Rue de Bondy erreicht, der auf die Boulevards stößt und wo die Kreuzung einen kleinen Platz vor dem Théâtre de la Renaissance bildet. Dort befand sich Kaplan & Zanin, wo Louis Thouret nach Madame Thourets Aussage sein ganzes Leben lang bis gestern gearbeitet hatte.

Die angegebene Hausnummer kennzeichnete ein uraltes, fast verfallenes Gebäude, um dessen weit offenstehendes Portal verschiedene weiße und schwarze Schilder angebracht waren: ein Polsterer, ein Schreibmaschinenkurs, ein Geschäft für Bettfedern (Dritter Stock links, Treppe A), ein Gerichtsvollzieher, eine staatlich anerkannte Masseuse. Die Concierge, deren Loge sich in der Toreinfahrt befand, sortierte gerade die Post.

»Kaplan & Zanin?« fragte Maigret.

»Ach, Monsieur, nächsten Monat sind es drei Jahre, daß die Firma nicht mehr existiert.«

»Waren Sie damals schon hier im Hause?«

»Im Dezember bin ich sechsundzwanzig Jahre hier.«

»Haben Sie Louis Thouret gekannt?«

»Und ob ich Monsieur Thouret gekannt habe! Was ist eigentlich aus ihm geworden? Seit vier oder fünf Monaten hat er sich nicht mehr bei mir blicken lassen.«

»Er ist tot.«

Jäh hielt sie mit dem Ordnen der Briefe inne.

»Ein so gesunder Mann! Was hat er gehabt? Sicher war's das Herz, wie bei meinem Mann…«

»Er ist gestern nachmittag erstochen worden. Nicht weit von hier.«

»Ich habe die Zeitung noch nicht gelesen.«

Über das Verbrechen war übrigens nur in einer kleinen Lokalnotiz von wenigen Zeilen berichtet worden.

»Aber wer konnte denn auf den Gedanken kommen, einen so guten Menschen zu ermorden?«

Lebhaft und beherzt war sie, die kleine Frau.

»Mehr als zwanzig Jahre lang ist er täglich viermal an meiner Loge vorübergekommen, und jedesmal hat er ein freundliches Wort für mich gehabt. Als Monsieur Kaplan die Firma aufgab, war er so gebrochen, daß...«

Sie wischte sich die Augen und schneuzte sich.

»Lebt Monsieur Kaplan noch?«

»Ich kann Ihnen seine Adresse geben, wenn Sie wollen. Er wohnt in der Nähe der Porte Maillot, in der Rue des Acacias. Auch er ist ein guter Mensch, obgleich anders als Monsieur Louis. Und wahrscheinlich ist sogar der alte Monsieur Kaplan noch am Leben.«

»Was für Geschäfte hat er gemacht?«

»Kennen Sie die Firma nicht?«

Sie war überrascht, daß nicht die ganze Welt das Haus Kaplan & Zanin kannte.

Maigret stellte sich vor: »Ich bin von der Polizei und will soviel wie möglich über Monsieur Thouret wissen.«

»Wir nannten ihn Monsieur Louis. Alle nannten ihn so. Die meisten wußten nicht einmal seinen Familiennamen. Wenn Sie sich eine Minute gedulden wollen...«

Während sie die letzten Briefe sortierte, murmelte sie vor sich hin: »Monsieur Louis ermordet. Wer hätte das jemals gedacht! Ein Mann, der so...«

Nachdem sie sämtliche Briefe in den Fächern verstaut hatte, legte sie sich einen Wollschal über die Schultern und drehte den Ofen halb zu.

»Ich werde Sie herumführen.«

In der Toreinfahrt erklärte sie: »Vor drei Jahren sollte das Haus abgerissen und statt dessen ein Kino errichtet werden.

Den Mietern ist damals gekündigt worden, und ich selbst wollte zu meiner Familie ins Departement Nièvre ziehen. Und Monsieur Kaplan hat deswegen seine Firma aufgegeben. Vielleicht liefen auch die Geschäfte nicht mehr so gut. Der junge Monsieur Kaplan, Monsieur Max, wie wir ihn nannten, war immer anderer Meinung als sein Vater. Hier lang, bitte...«

Die Toreinfahrt öffnete sich auf einen Hof, in dem weiter hinten ein großes Gebäude mit einem Glasdach aufragte. Es sah aus wie eine Bahnhofshalle. An der Mauer waren noch ein paar Buchstaben des Firmennamens Kaplan & Zanin zu lesen.

»Die Zanins gab es schon nicht mehr, als ich vor sechsundzwanzig Jahren hier ins Haus kam. Damals leitete der alte Monsieur Kaplan das Geschäft ganz alleine. Auf der Straße drehten sich die Kinder nach ihm um, weil er wie ein alter Zauberer daherkam.«

Die Tür war nicht verriegelt. Das Schloß war abgerissen. Das ganze Gebäude wirkte tot; noch vor wenigen Jahren hatte es zur Welt des Louis Thouret gehört. Wie diese Welt ausgesehen hatte, war heute kaum noch festzustellen. Über der riesigen Halle zog sich hoch oben ein Glasdach hin, dessen Scheiben zum Teil fehlten oder blind geworden waren. Wie in einem großen Warenhaus lief an den Wänden eine zweistöckige Galerie entlang. Man sah noch genau, wo die Regale gestanden hatten.

»Jedesmal, wenn er mir einen kleinen Besuch machte...«

»Kam er oft?«

»Etwa alle zwei oder drei Monate, und immer brachte er mir etwas zum Naschen mit... jedesmal warf er dann auch einen Blick hier hinein, und man spürte, daß es ihm immer wieder schwer ums Herz wurde. Zwanzig Packerinnen, zum Schluß sogar noch mehr, haben hier gearbeitet. In Stoßzeiten hatten sie oft bis tief in die Nacht zu tun. Monsieur Kaplan verkaufte nicht direkt an die Kunden, sondern an Basare in der Provinz und an Straßenhändler. Zwischen all den Dingen in seinem Angebot fand man sich kaum zurecht. Monsieur Louis war der einzige, der genau wußte, wo jeder Artikel lag. Gott allein weiß, was es da alles gab: falsche Bärte, Papptrompeten, bunte Kugeln für den Weihnachtsbaum, Luftschlangen für den Karneval, Masken und Souvenirs für die Urlauber am Meer.«

»War Monsieur Louis der Lagerverwalter?«

»Ja, er trug immer einen grauen Kittel. Schauen Sie, dort rechts in der Ecke war hinter Glaswänden das Büro des jungen Monsieur Kaplan. Sein Vater kam nach seinem ersten Schlaganfall nicht mehr ins Geschäft. Er hatte eine Sekretärin, Mademoiselle Léone. Und in einem kleinen Verschlag im ersten Stock arbeitete der alte Buchhalter. Niemand ahnte, was kommen würde. Eines schönen Tages, im Oktober oder November, ich weiß es nicht mehr genau, es war auf jeden Fall schon kalt, rief Monsieur Kaplan seine Leute zusammen, um ihnen mitzuteilen, daß die Firma schließen würde und daß bereits ein Abnehmer für die Lagerbestände gefunden sei. Damals waren alle davon überzeugt, daß das Haus im Jahr darauf abgerissen würde, für das Kino, wie gesagt.«

Maigret hörte geduldig zu, schaute sich um und malte sich dabei aus, wie es hier während der Glanzzeit der Firma ausgesehen haben mochte.

»Das Vorderhaus sollte gleichfalls verschwinden. Allen Mietern wurde gekündigt. Einige zogen aus, andere blieben. Und sie haben recht behalten, denn sie sind heute noch da. Aber jetzt, wo das Haus verkauft ist, weigern sich die neuen Eigentümer, irgendwelche Reparaturen vornehmen zu lassen. Ich weiß nicht, wieviel Prozesse deshalb schon laufen. Der Gerichtsvollzieher kommt fast jeden Monat. Zweimal schon habe ich meine Siebensachen gepackt.«

»Kennen Sie Madame Thouret?«

»Ich habe sie nie gesehen. Sie wohnte weit draußen in Juvisy...«

»Dort wohnt sie immer noch.«

»Haben Sie sie kennengelernt? Wie ist sie?«

Maigret verzog das Gesicht, und sie verstand ihn sofort.

»Das dachte ich mir. Man merkte, daß er zu Hause nicht glücklich war. Sein Leben war hier. Ihn traf der Schlag am härtesten, das habe ich immer wieder gesagt. Zumal er schon in einem Alter war, in dem man schlecht ein neues Leben beginnen kann.«

»Wie alt war er?«

»Fünfundvierzig oder sechsundvierzig.«

»Wissen Sie, was er anschließend gemacht hat?«

»Das hat er mir nie erzählt. Er muß schwere Zeiten gehabt haben, denn er kam lange nicht vorbei. Einmal, als ich, eilig wie immer, meine Besorgungen machte, sah ich ihn auf einer Bank sitzen. Mir ging das durch und durch. Zu einem Mann wie ihm paßte es nicht, am hellichten Tag auf einer Bank zu sitzen, verstehen Sie? Ich war nahe daran, ihn anzusprechen, aber dann dachte ich, es wäre ihm vielleicht peinlich, und ich habe einen Umweg gemacht.«

»Wie lange nach der Schließung der Firma war das?«

In dem Raum mit dem zugigen Glasdach war es kälter als draußen auf dem Hof, und die Concierge schlug deshalb vor: »Wollen Sie sich nicht etwas in meiner Loge aufwärmen? Ja, wie lange das her ist, kann ich nicht genau sagen. Es war noch nicht Frühling, denn die Bäume hatten noch keine Blätter. Es muß gegen Ende des Winters gewesen sein.«

»Wann haben Sie ihn wiedergesehen?«

»Lange danach, im Hochsommer. Am erstaunlichsten fand ich damals seine Schuhe, in dieser Farbe wie Gänsekacke. Warum schauen Sie mich so an?«

»Schon gut. Erzählen Sie weiter.«

»Man war das nicht an ihm gewöhnt. Er hatte sonst immer schwarze Schuhe getragen. Er kam in meine Loge und legte ein Päckchen auf den Tisch, das in weißes Papier eingewickelt und mit einem goldenen Band verschnürt war. Es war Schokolade darin. Er setzte sich auf diesen Stuhl. Ich machte ihm eine Tasse Kaffee und holte dann an der Straßenecke schnell eine halbe Flasche Calvados, während er hier Wache hielt.«

»Was hat er Ihnen erzählt?«

»Nichts Besonderes. Er war froh, wieder einmal die Luft dieses Hauses atmen zu können, das spürte man.«

»Hat er von seiner neuen Tätigkeit gesprochen?«

»Ich fragte ihn, ob er zufrieden sei, und er bejahte. Jedenfalls hatte er keine festen Bürozeiten mehr, denn er kam schon am Vormittag zwischen zehn und elf Uhr vorbei. Ein anderes Mal erschien er am Nachmittag. Er trug eine helle Krawatte, und ich nahm ihn ein bißchen auf den Arm und machte ihm Komplimente, daß er immer jünger würde. Aber er nahm einem nie etwas übel. Dann sprachen wir über seine Tochter, die ich zwar nie gesehen habe, aber von der er mir schon wenige Monate nach ihrer Geburt ein Bild gezeigt hatte. Selten ist mir jemand begegnet, der so stolz darauf war, ein Kind zu haben. Immer hatte er Bilder von ihr in der Tasche, und jedem mußte er von seinem Töchterchen erzählen.«

Außer der Aufnahme als Baby hatte man kein neueres Foto von Monique bei ihm gefunden.

»Das ist alles, was Sie wissen?«

»Was sollte ich sonst noch wissen? Ich bin hier von morgens bis abends eingesperrt. Seit die Firma Kaplan nicht mehr existiert und der Friseur im ersten Stock ausgezogen ist, geht es im Haus sehr ruhig zu.«

»Haben Sie mit ihm darüber gesprochen?«

»Ja. Wir schwatzten über alles mögliche – über die Mieter, die einer nach dem anderen auszogen, über die Prozesse, über die Architekten, die hin und wieder hier auftauchen und an den Plänen für ihr berühmtes Kino arbeiten, während die Mauern immer mehr verfallen.«

Sie sagte das ohne Bitterkeit, aber es war herauszuhören, daß sie das Haus als Letzte verlassen würde.

»Wie ist es passiert?« fragte sie dann. »Hat er gelitten?«

Weder Madame Thouret noch Monique hatten diese Frage gestellt.

»Der Arzt sagt nein, der Tod sei sofort eingetreten.«

»Wo war es?«

»Ein paar Schritte von hier, in einer Sackgasse am Boulevard Saint-Martin.«

»Bei dem Juweliergeschäft?«

»Ja. Jemand muß ihm nachgegangen sein. Es wurde schon dunkel. Man hat ihm ein Messer in den Rücken gestoßen.«

Maigret hatte gestern abend von zu Hause und auch heute morgen mit dem polizeilichen Labor telefoniert. Bei der Waffe handelte es sich um ein ganz gewöhnliches Messer einer gängigen Marke, wie man sie in den meisten Eisenwarengeschäften bekommen konnte. Es war neu und hatte keine Fingerabdrücke.

»Armer Monsieur Louis! Er hat das Leben so geliebt!«

»War er ein heiterer Mensch?«

»Bestimmt kein trauriger. Ich weiß nicht, wie ich es Ihnen erklären soll. Er war zu jedem freundlich und liebenswürdig und hatte immer ein offenes Ohr. Und er hat sich nie wichtig gemacht.«

»Interessierte er sich für Frauen?«

»Nie im Leben. Obwohl er eine gute Position hatte und jede hätte haben können, die er wollte. Außer Monsieur Max und dem alten Buchhalter war er der einzige Mann in der Firma, und die Frauen, die dort als Packerinnen arbeiteten, waren nicht gerade sittenstreng.«

»Trank er?«

»Sein Gläschen Wein wie jedermann und hin und wieder einen Likör.«

»Wo aß er zu Mittag?«

»Er ging nicht weg über Mittag. Er brachte sein Essen in einer Wachstuchtasche mit, ich sehe sie noch deutlich vor mir. Er aß im Stehen, an eine Tischkante gelehnt, und rauchte dann im Hof noch seine Pfeife, bevor er wieder an die Arbeit ging. Nur hin und wieder ging er aus. Er sagte mir dann, er sei mit seiner Tochter verabredet. Das war aber erst in der letzten Zeit, als sie schon eine junge Dame war und in einem Büro in der Rue de Rivoli arbeitete. ›Warum bringen Sie sie nicht einmal her, Monsieur Louis?‹ fragte ich ihn dann immer. ›Ich möchte sie so gerne einmal sehen.‹ Er versprach, sie in den nächsten Tagen mitzubringen, hat es aber doch nie getan, ich weiß nicht, warum.«

»Haben Sie Mademoiselle Léone aus den Augen verloren?«

»Oh, nein! Ich habe ihre Adresse. Sie lebt mit ihrer Mutter zusammen. Sie arbeitet nicht mehr in einem Büro, sondern hat auf dem Montmartre, in der Rue de Clignancourt, ein kleines Geschäft aufgemacht. Manchmal ist er auch zu ihr gegangen. Vielleicht kann sie Ihnen mehr sagen als ich. Einmal, als wir über Mademoiselle Léone sprachen, erzählte er mir, daß sie Windeln und andere Babyartikel verkauft. Das ist komisch.«

»Was ist komisch?«

»Daß sie Babysachen verkauft.«

Leute kamen herein, um ihre Post zu holen. Sie warfen einen argwöhnischen Blick auf Maigret, wohl weil sie annahmen, daß er wieder einer sei, der sie aus dem Haus vertreiben wollte.

»Ich danke Ihnen. Ich komme wahrscheinlich wieder vorbei.«

»Haben Sie keine Ahnung, wer ihn ermordet haben könnte?«

»Keine«, sagte Maigret frei heraus.

»Hat man ihm die Brieftasche gestohlen?«

»Nein. Auch die Uhr nicht.«

»Dann war es wahrscheinlich eine Verwechslung.«

Da die Rue de Clignancourt am anderen Ende der Stadt lag, ging Maigret zunächst einmal in eine kleine Bar, um zu telefonieren.

»Wer ist am Apparat?«

»Janvier, Chef.«

»Gibt's was Neues?«

»Die anderen sind unterwegs, wie Sie es angeordnet haben.«

Also hatten sich fünf Inspektoren die Stadt aufgeteilt und durchkämmten jetzt die Eisenwarengeschäfte von Paris. Santoni war von Maigret beauftragt worden, für alle Fälle Erkundigungen über Monique Thouret einzuziehen. Er war jetzt gewiß in der Rue de Rivoli und strich lauernd um die Büros von Geber & Bachelier herum.

Am liebsten hätte Maigret jetzt Madame Thouret in Juvisy angerufen, um zu erfahren, ob ihr Mann auch in den letzten drei Jahren jeden Morgen sein Mittagessen in der schwarzen Wachstuchtasche mitgenommen hatte. Aber leider gab es kein Telefon bei den Thourets.

»Kannst du mir einen Wagen schicken?«

»Wo sind Sie?«

»Rue de Bondy. Ich warte gegenüber vom Théâtre de la Renaissance.«

Er war nahe daran, Janvier, der heute keinen Einsatz hatte, für die Vernehmung der Geschäftsleute zum Boulevard Saint-Martin zu schicken. Neveu hatte das zwar schon übernommen. Aber bei dieser Arbeit mußte man Glück haben, und dafür konnten es gar nicht genug Leute sein. Er ließ Janvier dann doch nicht dazurufen – bloß weil es ihn lockte, sich später selbst wieder in das Viertel zu begeben.

»Keine weiteren Instruktionen?«

»Gib ein Foto an die Zeitungen. Sie sollen auch jetzt keine Sensation aus dem Fall machen.«

»Verstehe. Ich schicke Ihnen das Auto.«

Da die Concierge von Calvados gesprochen hatte und weil es wirklich kalt war, trank Maigret ein Gläschen.

Dann überquerte er, die Hände in den Taschen, den Boulevard und warf einen Blick in die Sackgasse, in der Monsieur Louis ermordet worden war.

Die Nachricht vom Verbrechen hatte so wenig Aufsehen erregt, daß niemand stehenblieb, um auf dem Pflaster nach Blutspuren zu suchen. Maigret stand eine ganze Weile vor einem der beiden Schaufenster des Juweliergeschäftes, wo er fünf oder sechs Verkäufer und Verkäuferinnen arbeiten sah. Kostbare Schmuckstücke waren da nicht zu erstehen. Die meisten ausgestellten Gegenstände trugen den Vermerk ›Schaustück‹. Das Fenster war vollgestopft: Eheringe, falsche und vielleicht auch ein paar echte Brillanten, Wecker, geschmacklose Taschen- und Wanduhren.

Ein kleiner älterer Mann, der Maigret von innen beobachtete, schien ihn für einen möglichen Kunden zu halten. Er näherte sich mit einem Lächeln auf den Lippen der Tür in der Absicht, ihn zum Eintreten zu bewegen. Der Kommissar jedoch zog es vor, rasch weiterzugehen. Ein paar Minuten später stieg er in den Wagen der Kriminalpolizei.

»Rue de Clignancourt.«

Dort war es etwas ruhiger, obwohl auch in diesem Viertel fast nur kleine Leute lebten. Mademoiselle Léones Laden mit dem Schild *Bébé Rose* verschwand fast zwischen einer Pferdemetzgerei und einer Chauffeurkneipe, so daß nur Eingeweihte ihn finden konnten.

Maigret erschrak, als er eintrat, denn von hinten aus dem Laden, wo eine alte Frau mit einer alten Katze auf den Knien in einem Sessel saß, schlich ein weibliches Wesen auf ihn zu, das so gar nicht der Vorstellung entsprach, die er sich von der Sekretärin der Kaplans gemacht hatte. Er wußte nicht, warum. Sie schien Filzpantoffeln zu tragen, denn sie ging völlig geräuschlos. Ihr Gang und die Art, ihren Körper zu bewegen, hatten etwas Nonnenhaftes an sich.

Sie lächelte flüchtig. Der Ausdruck des Lächelns lag nicht nur auf ihren Lippen, sondern war über ihr ganzes Gesicht verteilt, sehr sanft, zurückhaltend.

War es nicht seltsam, daß sie Léone hieß? Um so seltsamer noch, als sie eine dicke runde Nase hatte, die an einen alten schlafenden Löwen im Zoo erinnerte.

»Sie wünschen, Monsieur?«

Sie war schwarz gekleidet. Gesicht und Hände waren blaß und kraftlos. Der große Ofen im hinteren Raum verbreitete eine angenehme Wärme. Auf dem Ladentisch und in den Regalen lagen überall zierliche Wäschestücke, Schühchen mit blauen und rosa Bändern, Mützen und Taufkleider.

»Kommissar Maigret von der Kriminalpolizei.«

»Ach...«

»Einer Ihrer ehemaligen Kollegen, Louis Thouret, ist gestern ermordet worden.«

Von allen wirkte sie am meisten erschüttert. Aber sie weinte nicht, suchte nicht nach einem Taschentuch und zog auch nicht die Mundwinkel nach unten. Der brutale Schock ließ sie erstarren, hielt ihr, so konnte man meinen, das Herz an. Maigret blickte auf ihre bleichen Lippen, die allmählich so weiß wie die Babywäsche rundherum wurden.

»Verzeihen Sie, daß ich es Ihnen so direkt gesagt habe.«

Sie schüttelte den Kopf, um ihm zu zeigen, daß sie es ihm nicht übelnahm. Die alte Dame im Hinterzimmer hatte sich bewegt.

»Um seinen Mörder ausfindig zu machen, muß ich alle möglichen Erkundigungen über den Toten einziehen.«

Sie nickte stumm.

»Ich nehme an, daß Sie ihn gut gekannt haben.«

Für einen Augenblick schien sich ihr Gesicht aufzuhellen.

»Wie ist es passiert?« fragte sie schließlich mit erstickter Stimme. Schon als kleines Mädchen mußte sie häßlich gewesen sein, und sicher hat sie es schon damals gewußt. Sie schaute in den hinteren Raum und murmelte:

»Wollen Sie nicht Platz nehmen?«

»Ich glaube, Ihre Mutter...«

»Wir können vor Mama sprechen. Sie ist völlig taub, aber sie freut sich, wenn sie Gesellschaft hat.«

Er wagte ihr nicht zu gestehen, daß sich ihm in diesem stickigen Raum, in dem die beiden Frauen ihr erstarrtes Leben verbrachten, die Kehle zuschnürte.

Es war schwer zu sagen, wie alt Léone war. Wahrscheinlich hatte sie die Fünfzig überschritten, vielleicht schon vor langer Zeit. Ihre Mutter schien mindestens achtzig Jahre alt zu sein, und sie musterte den Kommissar aus kleinen lebhaften Vogelaugen. Von ihr hatte Léone die dicke Nase nicht, sondern vom Vater, dessen Foto an der Wand hing.

»Ich komme soeben von der Concierge in der Rue de Bondy.«

»Sie ist gewiß sehr erschrocken.«

»Ja, sie hat ihn sehr gern gemocht.«

»Alle mochten ihn.«

Bei diesen Worten kam etwas Farbe in ihr Gesicht.

»Er war so ein guter Mensch«, setzte sie hastig hinzu.

»Sie haben ihn oft wiedergesehen, nicht wahr?«

»Er kam manchmal zu mir, aber nicht sehr oft. Er war sehr beschäftigt, und ich wohne weit draußen.«

»Wissen Sie, was er in der letzten Zeit getan hat?«

»Ich habe ihn nie danach gefragt. Es schien ihm gutzugehen. Ich nehme an, daß er sich selbständig gemacht hat, denn er hatte keine geregelte Arbeitszeit.«

»Hat er mit Ihnen nie über die Leute gesprochen, mit denen er zu tun hatte?«

»Wir redeten hauptsächlich von der Rue de Bondy, von der Firma Kaplan, von Monsieur Max, von den jährlichen Inventuren, die immer eine große Sache waren, denn unser Katalog enthielt mehr als tausend Artikel.«

Zögernd fügte sie hinzu: »Sie haben gewiß mit seiner Frau gesprochen?«

»Ja, gestern abend.«

»Was hat sie gesagt?«

»Sie versteht nicht, wieso ihr Mann, als man ihn fand, gelbe Schuhe trug. Sie behauptet, der Mörder müsse sie ihm angezogen haben.«

Wie der Concierge waren auch ihr die gelben Schuhe aufgefallen.

»Nein, er trug sie oft.«

»Schon damals, als er noch in der Rue de Bondy arbeitete?«

»Erst danach. Ziemlich lange danach.«

»Was verstehen Sie unter ziemlich lange?«

»Vielleicht ein Jahr.«

»Waren Sie überrascht, ihn mit gelben Schuhen zu sehen?«

»Ja. Sie paßten nicht zu der Art, wie er sich sonst kleidete.«

»Was haben Sie sich dabei gedacht?«

»Daß er sich verändert hatte.«

»Hatte er sich wirklich verändert?«

»Er war nicht mehr ganz derselbe. Er scherzte plötzlich in einer anderen Art. Manchmal lachte er schallend.«

»Hat er früher nicht gelacht?«

»Nicht so. Etwas hat sein Leben verändert.«

»Eine Frau?«

Die Frage war hart, aber unvermeidlich.

»Vielleicht.«

»Hat er Ihnen etwas anvertraut?«

»Nein.«

»Hat er Ihnen nie den Hof gemacht?«

Sie protestierte lebhaft: »Niemals! Ich schwöre es Ihnen! Ich bin sicher, daß ihm nie der Gedanke gekommen ist.«

Die Katze war vom Schoß der alten Frau gesprungen und machte es sich jetzt auf Maigrets Knien bequem.

»Lassen Sie sie nur«, sagte er, als Léone sie verscheuchen wollte. Er wagte nicht, seine Pfeife anzuzünden.

»Ich nehme an, daß es für Sie alle eine große Enttäuschung war, als Monsieur Kaplan Ihnen die Schließung der Firma mitteilte.«

»Ja, das war schlimm.«

»Besonders für Louis Thouret?«

»Monsieur Louis hing am meisten an der Firma. Er fühlte sich dort ganz zu Hause. Vergessen Sie nicht, daß er schon mit vierzehn Jahren als Botenjunge dort angefangen hatte.«

»Woher kam er?«

»Aus Belleville. Nach dem, was er mir erzählt hat, war seine Mutter Witwe. Sie hat ihn eines Tages dem alten Kaplan vorgestellt; er trug damals noch kurze Hosen. Er ist fast nie zur Schule gegangen.«

»Ist seine Mutter tot?«

»Ja, schon lange.«

Warum hatte Maigret den Eindruck, daß sie ihm etwas verschwieg? Sie sprach offen, sah ihm gerade in die Augen, und dennoch war da etwas Hintergründiges in ihrem Benehmen, etwas, das ihn an ihren verhaltenen Gang erinnerte.

»Seine Suche nach einem neuen Arbeitsplatz gestaltete sich offenbar schwierig.«

»Wer hat Ihnen das gesagt?«

»Ich schließe es aus dem, was mir die Concierge erzählt hat.«

»Es ist immer schwierig, eine Arbeit zu finden, wenn man einmal die Vierzig überschritten hat. Besonders, wenn man auf nichts spezialisiert ist. Ich selbst...«

»Haben Sie auch gesucht?«

»Nur ein paar Wochen.«

»Und Monsieur Louis?«

»Er hat länger gesucht.«

»Vermuten Sie das, oder wissen Sie es?«

»Ich weiß es.«

»Hat er Sie in jener Zeit besucht?«

»Ja.«

»Haben Sie ihn unterstützt?«

Er war in diesem Augenblick fast davon überzeugt. Léone machte durchaus den Eindruck eines Menschen, der Ersparnisse besitzt.

»Warum fragen Sie mich das?«

»Weil ich mir, um seinen Mörder zu fassen, ein genaues Bild von seinen letzten Jahren machen muß.«

»Das ist wahr«, gab sie nach einigem Überlegen zu. »Ich will Ihnen alles sagen, aber ich möchte, daß es unter uns bleibt. Vor allem seine Frau darf nichts davon erfahren. Sie ist sehr stolz.«

»Kennen Sie sie?«

»Er hat es mir gesagt. Seine Schwäger haben gute Stellungen und konnten sich ein Haus bauen.«

»Er auch.«

»Er mußte, weil seine Frau es wollte. Sie bestand darauf, in Juvisy zu leben – wie ihre beiden Schwestern.«

Sie sprach jetzt in einem anderen Ton, aus dem ein tiefer Groll herauszuhören war, der schon lange in ihr gärte.

»Hatte er Angst vor seiner Frau?«

»Er wollte niemandem Kummer machen. Als wir alle wenige Wochen vor Weihnachten unsere Arbeit verloren hatten, war seine einzige Sorge, seiner Familie nicht das Jahresende zu verderben.«

»Er hat ihnen nichts gesagt? Er hat sie in dem Glauben gelassen, daß er nach wie vor in der Rue de Bondy arbeitete?«

»Er hoffte, erst in wenigen Tagen, dann in einigen Wochen eine neue Anstellung zu finden. Nur, er hatte das Haus.«

»Ich verstehe nicht ganz?«

»Er bezahlte es in Raten, und ich weiß, wie schlimm es ist, wenn die Zahlungen nicht pünktlich erfolgen.«

»Bei wem hat er sich das Geld geliehen?«

»Bei Monsieur Saimbron und bei mir.«

»Wer ist Monsieur Saimbron?«

»Der Buchhalter. Er arbeitet nicht mehr. Er lebt alleine in seiner Wohnung am Quai de la Mégisserie.«

»Hat er Geld?«

»Nein, er ist sehr arm.«

»Und Sie beide haben Monsieur Louis Geld geliehen?«

»Ja. Sonst wäre das Haus verkauft worden, und sie hätten auf der Straße gesessen.«

»Warum hat er sich nicht an Monsieur Kaplan gewandt?«

»Weil Monsieur Kaplan ihm nichts gegeben hätte. Das liegt so in seinem Charakter. Als er uns sagte, daß die Firma schließen würde, hat er jedem einen Umschlag mit drei Monatsgehältern in die Hand gedrückt. Monsieur Louis wagte nicht, das Geld bei sich zu behalten, denn dann hätte seine Frau alles gemerkt.«

»Durchstöberte sie seine Brieftasche?«

»Ich weiß es nicht, ich nehme es an. Ich habe das Geld für ihn aufbewahrt, und jeden Monat holte er sich die Gehaltssumme ab. Dann, als das Geld zu Ende war…«

»Ich verstehe.«

»Er hat mir alles zurückbezahlt.«

»Wann?«

»Acht oder neun Monate später, nach einem knappen Jahr.«

»Haben Sie ihn damals längere Zeit nicht gesehen?«

»Ungefähr von Februar bis August nicht.«

»Waren Sie nicht beunruhigt?«

»Nein, ich wußte, daß er wiederkommen würde. Und selbst wenn er mir das Geld nicht zurückgegeben hätte...«

»Sagte er, daß er eine neue Tätigkeit gefunden hatte?«

»Er teilte mir mit, daß er arbeitete.«

»Trug er da schon die gelben Schuhe?«

»Ja. Von Zeit zu Zeit hat er mich besucht, und jedesmal brachte er mir ein Geschenk mit und Süßigkeiten für Mama.«

Vielleicht schaute die alte Dame Maigret deshalb so enttäuscht an. Die Leute, die sie besuchten, brachten ihr Süßigkeiten mit. Maigret aber war mit leeren Händen gekommen. Er schwor sich, falls er noch einmal hierherkommen müßte, ebenfalls Bonbons einzustecken.

»Hat er nie irgendwelche Namen genannt?«

»Was für Namen?«

»Nun, von Chefs, Freunden, Kollegen...«

»Nein.«

»Oder irgendein Stadtviertel?«

»Er sprach nur von der Rue de Bondy. Da ist er öfters hingegangen. Es war bitter für ihn, daß das Haus noch immer nicht abgerissen war. ›Wir hätten noch ein Jahr dortbleiben können‹, seufzte er.«

Die Ladenklingel läutete, und Léone reckte den Hals, um zu sehen, wer der Kunde war. Diese Bewegung schien ihr in Fleisch und Blut übergegangen zu sein. Maigret erhob sich.

»Ich will Sie nicht länger stören.«

»Sie sind immer willkommen.«

Eine schwangere Frau stand vor dem Ladentisch. Maigret nahm seinen Hut und ging zur Tür.

»Ich danke Ihnen.«

Während er in den Wagen stieg, folgten ihm über Windeln und weiße und blaue Wollsachen hinweg die Blicke der beiden Frauen.

»Wohin fahren wir, Chef?«

Es war elf Uhr vormittags.

»Halt am nächsten Bistro an.«

»Gleich neben dem Laden ist doch eines.«

Doch Maigret schämte sich, vor Léones Augen hineinzugehen. »Fahr um die Ecke.«

Er wollte Monsieur Kaplan anrufen und im Adreßbuch nach der genauen Anschrift von Monsieur Saimbron, Quai de la Mégisserie, suchen.

Bei der Gelegenheit – und da er den Tag nun einmal mit Calvados begonnen hatte – trank er an der Theke ein zweites Gläschen.

3

Das hartgekochte Ei

Maigret saß alleine in seiner Ecke in der Brasserie Dauphine und aß zu Mittag. Das hatte etwas zu bedeuten, denn nichts Dringendes hinderte ihn daran, zu Hause zu essen. Wie gewöhnlich tranken mehrere Inspektoren vom Quai ihren Aperitif, und ihre Blicke folgten Maigret, als er auf seinen Stammplatz in Fensternähe zuging, von wo aus er auf die Seine blicken konnte.

Die Inspektoren, die übrigens nicht zu seiner Abteilung gehörten, sahen einander vielsagend an. Wenn Maigret mit diesem schweren Schritt daherkam, diesen etwas vagen Blick hatte und seine scheinbar übellaunige Miene aufsetzte, dann wußte jeder bei der Kriminalpolizei, was das bedeutete. Sie mochten ihn belächeln, aber gleichwohl flößte er ihnen allen Respekt ein, denn früher oder später endete es immer auf die gleiche Art: Ein Mann oder eine Frau gestand ein Verbrechen.

»Ist der Kalbsbraten ›Marengo‹ gut?«

»Ja, gewiß, Monsieur Maigret.«

Unbewußt musterte Maigret den Kellner wie einen Verdächtigen.

»Ein Bier?«

»Eine halbe Flasche roten Bordeaux.«

Aus reinem Widerspruchsgeist bestellte er Wein. Hätte

der Kellner ihm Wein angeboten, dann hätte er ein Bier verlangt.

Er war den ganzen Vormittag noch nicht im Büro gewesen. Er kam eben von Saimbron am Quai de la Mégisserie, und dieser Besuch hatte ihn ein wenig verwirrt.

Zuvor hatte er noch in der Wohnung von Monsieur Max Kaplan angerufen und erfahren, daß dieser auf unbestimmte Zeit in seiner Villa in Antibes weile.

Die Eingangstür des Hauses am Quai de la Mégisserie lag zwischen zwei Vogelläden versteckt. Die Vogelbauer versperrten einen Großteil des Gehwegs.

»Monsieur Saimbron?« hatte er die Concierge gefragt.

»Ganz oben. Sie können es nicht verfehlen.«

Vergeblich hatte er nach einem Fahrstuhl gesucht. Es war keiner da, und er hatte die sechs Stockwerke zu Fuß hinaufsteigen müssen. Es war ein altes Haus mit düsteren, schmutzigen Wänden. Auf dem Treppenabsatz im obersten Stock brannte eine kleine Lampe, und links neben der Tür hing eine rot-schwarze Kordel, wie man sie manchmal an Morgenmänteln sieht. Maigret hatte daran gezogen und dadurch in der Wohnung ein kaum nennenswertes, lächerliches Geräusch verursacht. Dann hatte er leise Schritte gehört, die Tür hatte sich geöffnet, und Maigret sah sich einem Mann mit gespenstischem Gesicht gegenüber. Lang, bleich, knochig, mit einem mehrere Tage alten, farblosen Bart starrte es ihn aus tränenden Augen an.

»Monsieur Saimbron?«

»Der bin ich. Bitte treten Sie doch ein.«

Dieser schon recht kurze Satz wurde von einem trockenen Husten unterbrochen.

»Entschuldigen Sie. Meine Bronchitis...«

In der Wohnung roch es ekelhaft modrig. Man hörte das leise Pfeifen eines Gasherdes, auf dem Wasser kochte.

»Kommissar Maigret von der Kriminalpolizei.«

»Ja. Ich dachte mir schon, daß Sie oder einer Ihrer Inspektoren vorbeikommen würden.«

Über den Tisch war eine blumenbestickte Tischdecke gebreitet, wie sie heute nur noch auf Flohmärkten zu finden ist. Darauf lag die Morgenzeitung genau auf der Seite aufgeschlagen, wo in wenigen Zeilen über den Tod von Louis Thouret berichtet wurde.

»Wollten Sie gerade zu Mittag essen?« fragte Maigret, als sein Blick auf den Teller neben der Zeitung, das mit Wein gefüllte Wasserglas und ein Stück Brot fiel.

»Das hat noch Zeit.«

»Aber ich bitte Sie. Tun Sie, als wäre ich gar nicht da.«

»Jedenfalls ist mein Ei inzwischen hart.« Der alte Mann ging hinaus, um es zu holen. Das Geräusch der Gasflamme verstummte.

»Setzen Sie sich, Herr Kommissar, und ziehen Sie lieber Ihren Mantel aus. Ich muß wegen meiner Bronchitis den Ofen immer voll aufdrehen.«

Er war etwa so alt wie Mademoiselle Léones Mutter, nur kümmerte sich um ihn niemand. Wahrscheinlich verirrte sich auch kaum ein Besucher in diese Wohnung, deren einziger Luxus die Aussicht auf die Seine und den gegenüberliegenden Justizpalast und Blumenmarkt war.

»Ist es lange her, seit Sie Monsieur Louis das letzte Mal gesehen haben?«

Das Gespräch hatte eine halbe Stunde gedauert, weil

Monsieur Saimbron immer wieder von seinen Hustenanfällen unterbrochen wurde und außerdem sein Ei mit unglaublicher Bedächtigkeit verzehrte. Was hatte Maigret im Grunde erfahren? – Nichts, was er nicht schon von der Concierge in der Rue de Bondy oder von Léone wußte.

Auch für Saimbron war die Schließung der Firma Kaplan eine Katastrophe gewesen. Er hatte sich nicht mehr um eine neue Arbeit bemüht. Er besaß einige Ersparnisse. Jahrelang hatte er geglaubt, daß sie für sein Alter ausreichen würden. Aber durch die Abwertungen war ihm buchstäblich gerade so viel geblieben, daß er nicht verhungern mußte. Und dieses gekochte Ei war wahrscheinlich seine einzige handfeste Mahlzeit am Tag.

»Glücklicherweise wohne ich hier schon seit vierzig Jahren!«

Er war Witwer, hatte keine Kinder und auch sonst keine Verwandten. Als Louis Thouret zu ihm gekommen war, weil er Geld brauchte, hatte er nicht einen Augenblick gezögert, es ihm zu geben.

»Er sagte, es ginge um Leben oder Tod, und ich spürte, daß das die Wahrheit war.«

Auch Mademoiselle Léone hatte ihm ihr Geld geliehen.

»Er hat es mir einige Monate später zurückgegeben.«

Aber war ihm während dieser Monate nicht einmal der Gedanke gekommen, daß Monsieur Louis nie wieder auftauchen könnte? Wie hätte er in diesem Fall sein tägliches Ei bezahlt?

»Kam er oft zu Ihnen?«

»Zwei- oder dreimal. Das erstemal brachte er mir das Geld und schenkte mir eine Meerschaumpfeife.«

Saimbron ging zu einem Regal, um die Pfeife zu holen. Sicher mußte er auch mit dem Tabak sparen.

»Seit wann haben Sie ihn nicht mehr wiedergesehen?«

»Das letzte Mal ist drei Wochen her. Er saß auf einer Bank am Boulevard Bonne-Nouvelle.«

Hatte auch für den Buchhalter das Viertel, in dem er sein ganzes Leben lang gearbeitet hatte, eine solche Anziehung, daß er hin und wieder dorthin pilgerte?

»Haben Sie mit ihm gesprochen?«

»Ich habe mich neben ihn gesetzt. Er wollte mir in einem Lokal um die Ecke ein Gläschen spendieren, aber ich habe abgelehnt. Und so haben wir beide da in der Sonne gesessen, geplaudert und die Passanten beobachtet.«

»Trug er gelbe Schuhe?«

»Das kann ich nicht sagen. Ich habe nicht auf die Schuhe geachtet.«

»Hat er Ihnen erzählt, was er tat?«

Monsieur Saimbron schüttelte den Kopf. Dieselbe Zurückhaltung wie bei Mademoiselle Léone. Maigret glaubte, den einen wie die andere zu verstehen. Er begann, für Monsieur Louis so etwas wie Sympathie zu empfinden, obwohl er ihn nicht gekannt und nur sein vom Tod überraschtes Gesicht gesehen hatte.

»Wie sind Sie auseinandergegangen?«

»Mir schien, daß jemand um die Bank herumstrich und ihm Zeichen machte.«

»Ein Mann?«

»Ja. Ein Mann in mittleren Jahren.«

»Was für ein Mann?«

»Einer der Typen, die man in dem Viertel auf den Bänken sitzen sieht. Er nahm schließlich bei uns Platz, sprach uns jedoch nicht an. Ich bin dann gegangen, und als ich mich noch einmal umdrehte, unterhielten sich die beiden bereits.«

»Freundschaftlich?«

»Nach Streit sah es jedenfalls nicht aus.«

Das war alles. Maigret war die Treppe wieder hinuntergestiegen, hatte einen Augenblick überlegt, ob er nach Hause gehen sollte, und sich dann entschlossen, sein Stammlokal aufzusuchen.

Es war ein grauer Tag. Trübe floß die Seine dahin. Maigret trank zum Kaffee noch einen Calvados und ging dann in sein Büro, wo ihn schon ein ganzer Aktenberg erwartete. Kurz darauf rief Coméliau, der Untersuchungsrichter, an.

»Was halten Sie von dem Fall Thouret? Der Staatsanwalt hat mir heute früh die Untersuchung übertragen und mir mitgeteilt, daß Sie den Fall bearbeiten. Vorsätzlicher Raubmord, nehme ich an?«

Maigret antwortete nur mit einem Murmeln, das ebensogut ja wie nein bedeuten konnte.

»Die Familie verlangt die Freigabe der Leiche. Ich wollte nichts unternehmen ohne Ihre Zustimmung. Benötigen Sie sie noch?«

»Hat Dr. Paul sie obduziert?«

»Er hat mir seinen Bericht eben telefonisch durchgesagt und wird ihn mir heute abend schriftlich geben. Das Messer hat die linke Herzkammer durchbohrt. Der Tod ist sozusagen auf der Stelle eingetreten.«

»Keine weiteren Spuren von Verletzungen oder Schlägen?«

»Nein, nichts.«

»Meinetwegen kann die Familie die Leiche haben. Ich möchte nur, daß die Kleidungsstücke im Labor untersucht werden.«

»Gut. Halten Sie mich weiter auf dem laufenden.«

Untersuchungsrichter Coméliau war selten so freundlich. Wahrscheinlich lag es daran, daß die Presse von dem Fall kaum Notiz genommen hatte und daß er auf Raubmord tippte. Das interessierte ihn nicht, es interessierte niemanden.

Maigret schürte das Feuer im Ofen, stopfte sich seine Pfeife und vertiefte sich dann fast eine Stunde lang in seine Akten, machte hier eine Notiz, unterschrieb dort und führte zwischendurch einige belanglose Telefongespräche.

»Kann ich hereinkommen, Chef?«

Es war Santoni, geschniegelt und gestriegelt wie immer und wie gewöhnlich von einer Parfumwolke umgeben, die ihm wiederholt den Kommentar seiner Kollegen einhandelte: ›Du stinkst wie eine Hure!‹

Santoni sagte aufgeregt:

»Ich glaube, ich habe eine Spur.«

Ohne sich aus der Ruhe bringen zu lassen, blickte Maigret ihn fragend an.

»Zunächst habe ich Ihnen zu berichten, daß der Laden Geber & Bachelier, in dem die Kleine arbeitet, Inkassoangelegenheiten regelt. Keine bedeutenden Geschäfte. Sie kaufen lediglich aussichtslose Forderungen zu einem niedrigen Preis auf und treiben dann das Geld ein. Die Hauptarbeit wird nicht in den Büros, sondern außer Haus erledigt. Mademoiselle Thouret arbeitet nur vormittags in der Rue de

Rivoli und macht jeden Nachmittag ihre Runde bei den Schuldnern.«

»Ich verstehe.«

»Überwiegend kleine Leute, die sich einschüchtern lassen und schließlich zahlen. Die Chefs habe ich nicht gesehen. In der Mittagspause habe ich mich so vor den Eingang der Büros gestellt, daß Mademoiselle Thouret mich nicht bemerken konnte. Ich wandte mich an eine ältere Angestellte, deren Sympathien für ihre hübsche junge Kollegin nicht allzu groß sein dürften.«

»Das Ergebnis?«

»Unsere Monique hat einen kleinen Freund.«

»Hast du seinen Namen?«

»Ich komme noch darauf, Chef. Sie kennen sich seit ungefähr vier Monaten und essen jeden Mittag gemeinsam in einem Schnellrestaurant am Boulevard Sébastopol. Er ist noch sehr jung, erst neunzehn, und arbeitet als Verkäufer in einer großen Buchhandlung am Boulevard Saint-Michel.«

Maigret spielte mit den Pfeifen auf seinem Schreibtisch und begann, sich eine neue zu stopfen, obwohl er die alte noch nicht ausgeraucht hatte.

»Der junge Mann heißt Albert Jorisse. Ich wollte wissen, wie er aussieht, und bin deshalb in das Schnellrestaurant gegangen. Das war vielleicht ein Gewühl dort! Schließlich habe ich Monique an einem Tisch entdeckt – allein. Ich habe mich in eine andere Ecke gesetzt und miserabel gegessen. Mademoiselle machte einen nervösen Eindruck und ließ die Tür nicht aus den Augen.«

»Ist er nicht gekommen?«

»Nein. Sie hat sich mit dem Essen soviel Zeit wie nur möglich gelassen. In diesen billigen Restaurants wird man in aller Eile bedient, und Leute, die so trödeln, sind nicht beliebt. So blieb ihr schließlich nichts anderes übrig, als ihren Platz zu räumen. Vor der Tür ist sie noch fast eine Viertelstunde lang auf und ab gegangen.«

»Und dann?«

»Sie war in Gedanken so mit dem jungen Mann beschäftigt, daß sie mich nicht bemerkte. Sie ging in Richtung Boulevard Saint-Michel, ich folgte ihr. Sie kennen doch die Buchhandlung dort an der Ecke, wo die Bücherkästen auf dem Gehweg stehen?«

»Kenne ich.«

»Sie ist hineingegangen und hat sich an einen der Verkäufer gewandt, der sie zur Kasse schickte. Ich sah, wie sie dort lange verhandelte und immer enttäuschter dreinblickte. Schließlich verließ sie den Laden.«

»Und du bist ihr nicht gefolgt?«

»Nein. Ich hielt es für besser, mich erst mal mit dem jungen Mann zu befassen. Ich bin darum in die Buchhandlung gegangen und habe den Geschäftsführer gefragt, ob er einen gewissen Albert Jorisse kennt. Er bejahte und teilte mir mit, daß der Junge nur vormittags arbeite. Mich erstaunte das, und er erklärte mir, daß dies bei ihnen üblich sei, da sie hauptsächlich Studenten beschäftigten, die häufig keine Ganztagsarbeit annehmen könnten.«

»Ist Jorisse Student?«

»Moment! Ich wollte wissen, wie lange er schon in der Buchhandlung tätig ist. Man mußte erst in den Unterlagen nachsehen. Seit etwas mehr als einem Jahr ist er dort beschäftigt. Anfangs kam er den ganzen Tag, dann, vor ungefähr drei Monaten, hat er ihnen mitgeteilt, daß er Jura studieren wolle und deshalb nur noch am Vormittag im Geschäft sein könne.«

»Hast du seine Adresse?«

»Er lebt bei seinen Eltern, in der Avenue de Châtillon, schräg gegenüber der Montrouge-Kirche. Aber ich bin mit meinem Bericht noch nicht zu Ende. Albert Jorisse ist heute nicht in der Buchhandlung erschienen, was zwei- oder dreimal in dem einen Jahr vorgekommen ist. Er hat sonst jedesmal telefonisch Bescheid gesagt, außer heute.«

»Hat er gestern gearbeitet?«

»Ja. Ich habe dann ein Taxi zur Avenue Châtillon genommen, weil ich mir dachte, daß Sie das interessieren würde. Seine Eltern sind biedere Leute. Die Wohnung liegt im dritten Stock. Sie ist sehr sauber. Die Mutter war gerade beim Bügeln.«

»Hat du gesagt, daß du von der Polizei bist?«

»Nein. Ich habe ihr erzählt, ich sei ein Freund ihres Sohnes und müßte ihn dringend sprechen...«

»Hat sie dich in die Buchhandlung geschickt?«

»Sie haben es erraten! Sie ist völlig ahnungslos. Er ist heute morgen wie gewöhnlich um Viertel nach acht fortgegangen. Sie hat niemals etwas von einem Jurastudium gehört. Ihr Mann ist Angestellter einer Textilgroßhandlung in der Rue de la Victoire. Ihr Geld würde nicht reichen, um ihren Jungen studieren zu lassen.«

»Was hast du dann gemacht?«

»Ich habe so getan, als würde ich wohl doch einen anderen Jorisse suchen, und habe sie gefragt, ob sie ein Foto von ihrem Sohn habe. Sie zeigte mir ein Bild auf dem Büfett im Eßzimmer. Sie ist eine gutmütige und arglose Frau. Sie hatte nur eine Sorge: nämlich ihr Bügeleisen nicht kalt werden zu lassen und die Wäsche nicht zu versengen. Ich habe ihr noch alles mögliche vorgeflunkert...«

Maigret sagte nichts, zeigte sich aber auch keineswegs begeistert. Santoni war offensichtlich noch nicht lange in seiner Abteilung, denn alles, was er sagte, selbst der Ton, in dem er es hervorbrachte, entsprach so gar nicht der Art Maigrets und seiner Mitarbeiter.

»Als ich ging, habe ich, ohne daß sie es merkte...«

»Gib her«, sagte Maigret und streckte die Hand aus. Er wußte natürlich gleich, daß Santoni das Foto hatte mitgehen lassen. Es zeigte einen mageren jungen Mann mit nervösem Gesichtsausdruck und sehr langem Haar, den die Frauen bestimmt hübsch fanden und der das auch wußte.

»Ist das alles?«

»Nun, wir werden ja sehen, ob er heute abend nach Hause kommt.«

Maigret seufzte: »Ja, wir werden sehen.«

»Sind Sie nicht zufrieden?«

»Doch, doch.«

Was sollte es? Santoni würde sich schon noch machen, wie die anderen auch. Es war immer das gleiche, wenn er einen Inspektor von einer anderen Abteilung übernahm.

»Wo das Mädchen zu finden ist, weiß ich; deshalb habe ich sie nicht verfolgt. Jeden Tag um halb sechs, spätestens Viertel vor sechs, kehrt sie in das Büro zurück, um die einkassierten Beträge abzuliefern und Bericht zu erstatten. Soll ich hingehen?«

Maigret zögerte. Am liebsten hätte er ihm gesagt, er solle sich um die ganze Sache nicht mehr kümmern, aber das wäre ungerecht gewesen. Der Inspektor hatte immerhin sein Bestes getan.

»Prüf nach, ob sie ins Büro zurückkehrt, und dann, ob sie zum Bahnhof geht.«

»Vielleicht trifft sie ihren Liebsten?«

»Vielleicht. Wann kommt er gewöhnlich nach Hause?«

»Sie essen um sieben Uhr zu Abend. Er ist immer pünktlich da, selbst wenn er abends noch mal ausgeht.«

»Sie haben wahrscheinlich kein Telefon?«

»Nein.«

»Die Concierge auch nicht?«

»Ich glaube nicht. Das ist kein Haus, wo die Leute Telefon haben. Ich will gleich mal nachsehen.«

Er schlug in dem nach Straßen angelegten Telefonbuch nach.

»Geh nach halb acht hin und frag die Concierge. Laß mir das Foto hier.«

Da Santoni es nun einmal entwendet hatte, war es das einfachste, es zu behalten. Wer weiß, wozu es noch gut sein würde.

»Werden Sie im Büro sein?«

»Ich weiß nicht, wo ich sein werde. Halte auf jeden Fall Kontakt mit dem Quai.«

»Und bis dahin? Ich habe noch zwei Stunden Zeit, bevor ich zur Rue de Rivoli aufbreche.«

»Geh zum Einwohnermeldeamt. Vielleicht ist Louis Thouret dort gemeldet.«

»Glauben Sie, daß er ein Zimmer in der Stadt hatte?«

»Wo, meinst du, hat er wohl seine gelben Schuhe und seine bunte Krawatte gelassen, wenn er nach Hause fuhr?«

»Ja, natürlich.«

Vor gut zwei Stunden waren die Nachmittagszeitungen mit dem Bild Monsieur Louis' erschienen. Es war nur ein kleines Foto in einer unteren Ecke mit der Bildunterschrift:

Louis Thouret, der gestern nachmittag in einer Sackgasse am Boulevard Saint-Martin ermordet wurde. Die Polizei verfolgt eine Spur.

Das letzte stimmte zwar nicht, aber die Zeitungen schmükken nun einmal alles gerne aus. Es war übrigens merkwürdig, daß noch keine telefonischen Hinweise eingegangen waren. Maigret war mehr oder weniger deshalb ins Büro zurückgekehrt, wo er nun die Zeit mit Routinearbeiten totschlug. In einem Fall wie diesem gibt es fast immer ein paar Leute, die das Opfer wiederzuerkennen glauben oder einen Verdächtigen in der Nähe des Tatorts herumlungern gesehen haben. Meistens halten diese Angaben einer Nachprüfung nicht stand; und trotzdem hatten sie schon manchmal der Wahrheit ans Licht verholfen.

Seit drei Jahren verließ Monsieur Louis, wie seine ehemaligen Kollegen und die Concierge in der Rue de Bondy ihn nannten, jeden Morgen Juvisy mit dem gleichen Zug und kehrte abends mit dem gleichen Zug zurück. Sein Mittagessen nahm er in einer Wachstuchtasche mit, wie er es sein ganzes Leben lang getan hatte. Aber was machte er, wenn er an der Gare de Lyon ausgestiegen war? – Das blieb ein Geheimnis.

Außer in den ersten Monaten, in denen er sehr wahrscheinlich verzweifelt einen neuen Arbeitsplatz gesucht hatte. Wie so viele andere hatte sicher auch er vor den Türen der Zeitungshäuser Schlange gestanden, um sich sofort auf die Stellenanzeigen zu stürzen. Ob er als Staubsaugerverkäufer von Tür zu Tür gegangen ist?

Jedenfalls hatte er keinen Erfolg gehabt, weil er sonst Mademoiselle Léone und den alten Buchhalter nicht angepumpt hätte. Danach verlor sich für einige Monate seine Spur. Er mußte nicht nur das bei Kaplan verdiente Geld auftreiben, sondern darüber hinaus auch noch das, was er seinen Gläubigern schuldete. In dieser Zeit war er jeden Abend, als wäre alles in bester Ordnung, nach Hause gefahren, mit der Miene eines Mannes, der wieder einen Arbeitstag in seinem Leben hinter sich gebracht hat. Seine Frau hatte nicht den geringsten Verdacht geschöpft, ebensowenig wie seine Tochter, seine Schwägerinnen oder Schwäger, die beide bei der Bahn arbeiteten.

Eines schönen Tages schließlich war er mit dem Geld, das er Mademoiselle Léone schuldete, sowie einem Geschenk für sie und Süßigkeiten für ihre alte Mutter in der Rue de Clignancourt aufgetaucht.

Nicht zu vergessen: In gelben Schuhen!

Waren nicht diese gelben Schuhe die wahre Ursache für Maigrets lebhaftes Interesse an dem Mann? Er wollte es sich nicht eingestehen. Auch er hatte jahrelang davon geträumt, solche Schuhe zu tragen. Genau wie die kurzen Gummimäntel – die sogenannten Windbeutel – waren sie damals der letzte Schrei gewesen.

Eines Tages, ganz am Anfang seiner Ehe, hatte er beschlossen, sich gelbe Schuhe zu kaufen. Er war fast rot geworden, als er den Laden betrat. Übrigens war das gerade am Boulevard Saint-Martin gewesen, gegenüber dem Théâtre de l'Ambigu. Er hatte sie nicht gleich anzuziehen gewagt, und als er das Paket vor seiner Frau öffnete, hatte sie ihn seltsam lächelnd angeblickt. ›Du willst die doch nicht etwa tragen?‹

Er hatte sie nie angezogen. Unter dem Vorwand, daß sie ihn drückten, hatte Madame Maigret seine gelben Schuhe zurückgebracht.

Louis Thouret hatte sich ebenfalls gelbe Schuhe gekauft, und in Maigrets Augen hatte das etwas zu bedeuten.

Zunächst einmal bewies es, daß er sein häusliches Joch hatte abschütteln wollen – das hätte Maigret schwören können –, denn während der ganzen Zeit, in der Monsieur Louis diese besonderen Schuhe trug, mußte er sich als freier Mann gefühlt haben. Seine Frau, seine Schwägerinnen und Schwäger würden erst, wenn er die schwarzen Schuhe wieder angezogen hätte, ihre Macht über ihn zurückgewinnen. Und es gab noch einen anderen Grund: Maigret hatte seine gelben Schuhe genau an dem Tag erstanden, als der Kommissar vom Quartier Saint-Georges, wo er damals arbeitete, ihm eine Gehaltserhöhung um ganze zehn Francs monatlich angekündigt hatte – und damals war der Franc mehr wert als heute. Auch Monsieur Louis mußte sich plötzlich als reicher Mann gefühlt haben. Er hatte dem alten Buchhalter eine Meerschaumpfeife geschenkt und seinen beiden Gläubigern, die ihm vertraut hatten, alles zurückbezahlt. Von nun an stand einem Besuch bei ihnen, vor allem bei Mademoiselle Léone, nichts mehr im Wege. Und plötzlich ließ er sich auch wieder bei der Concierge in der Rue de Bondy blicken. Warum hatte er ihnen nichts von seiner neuen Tätigkeit verraten?

Nur durch einen Zufall hatte ihn die Concierge eines Morgens um elf Uhr auf einer Bank am Boulevard Saint-Martin gesehen. Sie hatte ihn nicht angesprochen, hatte einen Umweg gemacht, um nicht von ihm bemerkt zu werden. Maigret verstand sie. Diese Bank ging ihr gegen den Strich. Ein Mann wie Monsieur Louis, der sein ganzes Leben lang zehn Stunden täglich gearbeitet hat und dann faul auf einer Bank sitzt! Und nicht etwa an einem Sonntag! Nicht nach Feierabend! Nein, um elf Uhr vormittags, wo in allen Büros und Geschäften emsig gearbeitet wird. Und Monsieur Saimbron hatte ebenfalls erst vor kurzem seinen früheren Kollegen auf einer Bank sitzen sehen. Diesmal am Boulevard Bonne-Nouvelle, nur wenige Schritte vom Boulevard Saint-Martin und der Rue de Bondy. Es war nachmittags gewesen, und so hatte Monsieur Saimbron – anders als die Concierge – nichts Seltsames daran gefunden. Vielleicht hatte Louis Thouret ihn auch zuerst bemerkt.

War der ehemalige Lagerverwalter mit jemandem verabredet gewesen? Wer war dieser Mann, der um die Bank herumgestrichen war und nur auf ein Zeichen zu warten schien, um sich ebenfalls dort hinzusetzen? Monsieur Saimbron hatte ihn nicht beschreiben können, hatte ihn wohl nicht weiter beachtet. Trotzdem war es aufschlußreich genug, als er sagte: ›Einer der Typen, die man in dem Viertel auf den Bänken sitzen sieht.‹

Eines dieser Individuen ohne bestimmten Beruf, die stundenlang auf den Bänken der Boulevards sitzen und ihre

Blicke über die Vorübergehenden schweifen lassen. Die ›Bankhocker‹ im Quartier Saint-Martin haben wenig gemein mit denen auf bestimmten Plätzen oder manchen Anlagen. Im Park Montsouris sitzen überwiegend Rentner aus der Gegend, die sich allerdings niemals an den Boulevard Saint-Martin verirren würden, es sei denn, um auf einer Café-Terrasse Platz zu nehmen.

Die gelben Schuhe auf der einen Seite, die Bank auf der anderen – in Maigrets Kopf paßte das einfach nicht zusammen. Und dann vor allem die Tatsache, daß Monsieur Louis an einem trüben, regnerischen Nachmittag gegen halb fünf ohne ersichtlichen Grund in eine Sackgasse gegangen war, wobei ihm jemand unbemerkt folgen und ihm, kaum zehn Meter von der belebten Straße entfernt, ein Messer in den Rücken jagen konnte.

Das Foto war in den Zeitungen erschienen, aber niemand rief an. Maigret schrieb weiter an seinen Berichten, unterzeichnete Papiere für die Verwaltung. Draußen verdichtete sich das grautrübe Dämmerlicht, und der Himmel wurde schwarz. Er mußte seine Lampe anknipsen, und als er sah, daß der Zeiger der Uhr über dem Kamin auf die Drei zurückte, stand er auf und nahm seinen dicken Mantel vom Haken.

Bevor er ging, öffnete er die Tür zum Raum der Inspektoren.

»Ich bin in ein oder zwei Stunden zurück.«

Es lohnte sich nicht, einen Polizeiwagen zu nehmen. Er ging bis zum Ende des Quais und sprang dort auf die Plattform eines Autobusses, den er ein paar Minuten später an der Ecke zum Boulevard Sébastopol wieder verließ.

Gestern um diese Zeit hatte Louis Thouret noch gelebt. Er war, wie Maigret jetzt, hier durch die Gegend gestreift und hatte Zeit und Muße gehabt, bevor er die gelben Schuhe gegen die schwarzen eintauschen und zur Gare de Lyon gehen mußte, um nach Juvisy zurückzufahren.

Auf den Gehwegen herrschte großes Gedränge. An jeder Kreuzung mußte man eine ganze Weile warten, ehe man die Straße überqueren konnte. Und vor jeder roten Ampel sammelten sich Menschentrauben, die bei Grün über die Straße strömten.

Auf dem Gehweg gegenüber, am Boulevard Bonne-Nouvelle, fiel Maigrets Blick auf eine Bank: ›Das könnte sie sein‹, dachte er. Sie war unbesetzt. Schon von weitem konnte man ein Stück zerknittertes Papier erkennen, in dem – Maigret hätte es schwören mögen – Wurst eingewickelt gewesen war.

An der Ecke der Rue Saint-Martin gingen Straßenmädchen auf und ab. Andere saßen in einer kleinen Bar, wo vier Männer an einem runden Tisch Karten spielten. An der Theke erspähte Maigret eine vertraute Gestalt: Inspektor Neveu. Er hielt inne und wartete, daß er herauskam. Eine der Frauen glaubte, er sei ihretwegen stehengeblieben, und er winkte zerstreut ab.

Wenn Neveu sich hier herumtrieb, dann hatte er die Mädchen bestimmt schon ausgefragt. Er war aus diesem Viertel und kannte sie alle.

»Wie steht's?« fragte Maigret, als Neveu zu ihm trat.

»Sie sind auch hier?«

»Bloß ein kleiner Rundgang.«

»Ich laufe hier schon seit acht Uhr heute morgen herum und habe mindestens fünfhundert Leute vernommen.«

»Hast du das Lokal gefunden, wo er immer zu Mittag aß?«

»Woher wissen Sie das?«

»Ich vermute, daß er mittags hier im Viertel gegessen hat, und einer wie er geht immer ins gleiche Lokal.«

»Dort drüben«, sagte Neveu und deutete auf ein gemütlich wirkendes Restaurant. »Er hatte seine eigene Serviette mit Ring.«

»Was haben sie gesagt?«

»Die Kellnerin, die ihn immer bediente – er setzte sich stets an denselben Tisch hinten, nicht weit von der Theke –, ist eine wahre Walküre mit kräftigem Damenbart. Wissen Sie, wie sie ihn nannte?«

Wie sollte er?

»Ihren kleinen Freund... Sie hat es mir selbst verraten. ›Nun, mein kleiner Freund, was möchten Sie heute essen?‹ Sie behauptet, das hätte ihm gefallen. Er plauderte über dieses und jenes mit ihr. Er hat ihr nie den Hof gemacht. Die Kellnerinnen in dem Restaurant haben nachmittags immer zwei Stunden frei, und wenn sie gegen drei Uhr das Lokal verließ, hat sie Monsieur Louis mehrmals auf einer Bank sitzen sehen. Er winkte ihr dann immer zu. ›Na, mein kleiner Freund, Sie brauchen sich wohl nicht abzurackern?‹ hat sie ihn eines Tages gefragt, worauf er entgegnete, er arbeite nachts.«

»Hat sie es geglaubt?«

»Ja, sie schien ihn sehr zu mögen.«

»Hatte sie die Nachricht in der Zeitung gelesen?«

»Nein, sie hat es von mir erfahren. Sie wollte es erst gar nicht glauben. Es ist kein vornehmes Lokal, aber auch kein

Schnellrestaurant. Jeden Mittag leistete sich Monsieur Louis sein halbes Fläschchen Wein.«

»Haben ihn auch andere Leute hier im Viertel gekannt?«

»Bis jetzt habe ich etwa ein Dutzend gefunden. Eines der Straßenmädchen sah ihn fast jeden Tag. Als sie ihn das erste Mal traf, wollte sie ihn zum Mitgehen bewegen. Aber er winkte höflich ab, nicht so von oben herab wie andere, und seitdem fragte sie ihn jedesmal, wenn sie einander über den Weg liefen: ›Nun, wie wär's heute?‹ Daran hatten beide ihren Spaß. Wenn sie dann mit einem Freier davonging, zwinkerte er ihr verständnisvoll zu.«

»Hat er niemals eines der Mädchen begleitet?«

»Nein.«

»Keine hat ihn je mit einer Frau gesehen?«

»Nein, nur einer der Verkäufer im Juweliergeschäft.«

»Der Juwelier, in dessen Nähe er ermordet worden ist?«

»Ja. Als ich den Verkäufern das Foto zeigte, hat ihn einer wiedererkannt. ›Das ist ja der Mann, der vorige Woche einen Ring gekauft hat!‹ hat er gerufen.«

»War es eine junge Frau, mit der Monsieur Louis da war?«

»Nicht besonders jung. Der Verkäufer hat sie nicht weiter beachtet, weil er die beiden für ein Ehepaar hielt. Ihm ist nur der Silberfuchs aufgefallen, den sie umgelegt hatte, und ein Halskettchen mit einem vierblättrigen Kleeblatt. ›Wir verkaufen nämlich genau die gleichen‹, sagte er mir.«

»War der Ring wertvoll?«

»Vergoldet, mit einem unechten Brillanten.«

»Haben sie im Laden miteinander geredet?«

»Sie haben wie Mann und Frau gesprochen. Nichts sonderlich Interessantes. Er kann sich jedenfalls an die einzelnen Worte nicht mehr erinnern.«

»Würde er sie wiedererkennen?«

»Nicht mit Bestimmtheit. Sie war schwarz gekleidet und trug Handschuhe. Nach dem Anprobieren des Ringes ließ sie einen Handschuh auf dem Ladentisch liegen. Monsieur Louis kam dann noch einmal zurück, um ihn zu holen, während sie an der Tür auf ihn wartete. Sie ist übrigens größer als er. Draußen nahm er ihren Arm, und sie gingen in Richtung Place de la République davon.«

»Ist das alles?«

»Ja. Es braucht eben seine Zeit. Ich hatte weiter oben in der Rue Montmartre begonnen – ohne Erfolg. Das heißt, kennen Sie die Waffelverkäufer in der Rue de la Lune?«

Dort wurden auf der Straße, in kleinen, offenen Buden wie auf dem Jahrmarkt, Waffeln gebacken, und schon an der Straßenecke schlug einem der süße Duft entgegen.

»Die erinnern sich genau an ihn. Er holte sich ziemlich oft Waffeln, immer drei Stück, aß sie aber nicht gleich, sondern nahm sie mit.«

Es waren Riesenwaffeln, das Reklameschild pries sie als die größten von Paris. Kaum anzunehmen, daß der kleine Monsieur Louis nach einem üppigen Mittagsmahl drei davon hätte verzehren können. Aber er war auch nicht der Typ, der sich auf eine Bank setzt und Waffeln ißt. Teilte er sie mit der Frau, der er den Ring gekauft hatte? In diesem Fall mußte sie ganz in der Nähe wohnen. Oder waren sie am Ende für den Mann bestimmt, mit dem ihn Monsieur Saimbron gesehen hatte?

»Soll ich weiterforschen?«

»Aber natürlich«, erwiderte Maigret, obwohl er dabei einen leichten Stich im Herz verspürte. Er hätte sich am liebsten selbst darum gekümmert, wie damals, als er noch einfacher Inspektor war.

»Wohin gehen Sie jetzt, Chef?«

»Ich will noch einmal einen Blick in die Sackgasse werfen.«

Er versprach sich nichts davon. Er wollte nur, weil er kaum hundert Meter entfernt war, den Ort noch einmal sehen, wo Monsieur Louis ermordet worden war. Ungefähr um diese Uhrzeit war es geschehen. Heute war es nicht nebelig. Trotzdem herrschte in der Sackgasse eine Finsternis, die durch das grelle Licht des Juwelierladens nur um so schwärzer wirkte.

Die Erwähnung der Waffeln hatte in Maigret Erinnerungen an den Jahrmarkt geweckt, und einen Augenblick lang überlegte er, ob Thouret in der Sackgasse vielleicht ein stilles Örtchen gesucht hatte. Aber eine Toilette, die sich genau gegenüber befand, machte diesen Gedanken wenig plausibel.

»Wenn ich nur die Frau auftreiben könnte«, seufzte Neveu, dem vom vielen Laufen schon die Füße weh taten.

Maigret dagegen interessierte mehr der Mann, der nach einem um Erlaubnis bittenden Blick neben Monsieur Louis Platz genommen hatte, während sich dieser gerade mit dem Buchhalter unterhielt. Deshalb beobachtete der Kommissar jetzt eine Bank nach der anderen. Auf einer saß ein alter Clochard mit einer halbvollen Literflasche Rotwein neben sich; der konnte es auf keinen Fall sein. Monsieur Saimbron hätte gesagt: ›Ein Clochard.‹

Auf einer anderen Bank saß eine dicke Frau aus der Provinz und nutzte die Zeit, in der ihr Mann in der Toilette verschwunden war, um ihre müden, geschwollenen Beine auszuruhen.

»An deiner Stelle würde ich mich mehr für die Leute auf den Bänken als für die Geschäfte interessieren.«

Maigret hatte am Anfang seiner Laufbahn oft genug die Runde gemacht, um zu wissen, daß jede Bank sozusagen ihre Stammgäste hat, die sich immer zur selben Zeit einfinden. Von den Passanten werden sie kaum beachtet. Selten wirft man mal einen Blick auf die Leute, die auf den Bänken sitzen. Während diese sich untereinander sehr wohl kennen.

War nicht Madame Maigret einmal auf einer Bank am Square d'Anvers, wo sie sich für die verbliebene Zeit vor einem Zahnarzttermin hingesetzt hatte, ins Plaudern geraten und hatte dabei mit der Mutter eines kleinen Jungen ganz zufällig die Spur eines Mörders entdeckt?

»Soll ich eine Razzia machen?«

»Bloß nicht! Setz dich auf die Bänke und rede mit den Leuten.«

»Gut, Chef«, seufzte Neveu, den diese Aussicht wenig begeisterte. Er wäre dann doch lieber weiter herumgelaufen. Er konnte nicht ahnen, wie gerne der Kommissar mit ihm getauscht hätte.

4

Die Beerdigung im Regen

Am nächsten Tag, einem Mittwoch, mußte Maigret als Zeuge vor dem Schwurgericht erscheinen. Dadurch ging der größte Teil des Nachmittags verloren. Da niemand auf die Idee gekommen war, in dem kahlen Warteraum die Heizung aufzudrehen, erstarrten die geladenen Zeugen allmählich zu Eis. Dann, als die Heizung endlich lief, war es nach zehn Minuten erstickend heiß, und ein starker Geruch nach ungewaschenen Körpern und nie gelüfteten Kleidern verpestete die Luft. Man verhandelte gegen einen gewissen René Lecœur, der vor sieben Monaten seine Tante mit einer Flasche erschlagen hatte. Er war erst zweiundzwanzig Jahre alt, hatte den Körper eines Athleten und das Gesicht eines ungezogenen Schuljungen.

Warum werden die Säle im Justizpalast nicht besser beleuchtet, wo sie so schon düster genug sind?

Maigret verließ das Gerichtsgebäude ziemlich verärgert. Ein junger Anwalt, der sich neuerdings vor allem durch seine Aggressivität einen Namen machte, griff einen Zeugen nach dem anderen scharf an.

Maigrets Aussage sollte beweisen, daß das Geständnis des Angeklagten nur der groben Behandlung am Quai des Orfèvres zu verdanken sei. Was nicht den Tatsachen entsprach. Und das wußte der Anwalt nur zu gut.

»Vielleicht sagt uns der Zeuge, wieviel Stunden das erste Verhör meines Klienten gedauert hat?«

Der Kommissar war auf diese Frage gefaßt.

»Siebzehn Stunden.«

»Ohne Essen?«

»Lecœur lehnte die ihm angebotenen Sandwiches ab.«

Der Anwalt schien zu den Geschworenen sagen zu wollen: ›Messieurs, da sehen Sie's! Siebzehn Stunden ohne Essen!‹

Dabei hatte Maigret selber in der ganzen Zeit nur zwei Brötchen gegessen, und er hatte niemand ermordet!

»Gibt der Zeuge zu, am 7. März, nachts um drei Uhr, den Angeklagten geschlagen zu haben, obwohl der arme Kerl ihn in keiner Weise provoziert hatte und zudem noch Handschellen trug?«

»Nein.«

»Der Zeuge bestreitet, ihn geschlagen zu haben?«

»Einmal habe ich ihm eine Ohrfeige gegeben, so wie ich sie meinem eigenen Sohn gegeben hätte.«

Der Anwalt hatte unrecht. So durfte er die Sache nicht angehen. Aber er war nur auf die Wirkung bei den Zuhörern und die Berichte in den Zeitungen bedacht. Und dann wandte er sich, gegen alle Regeln, direkt an Maigret, fragte, freundlich und bissig zugleich:

»Haben Sie einen Sohn, Kommissar Maigret?«

»Nein.«

»Sie haben keine Kinder?... Verzeihung?... Ich habe Ihre Antwort nicht verstanden.«

Der Kommissar hatte laut wiederholen müssen, daß sein einziges Kind, ein Mädchen, tot geboren worden war. Damit war seine Vernehmung beendet. Er hatte den Gerichtssaal verlassen, in der Kantine des Justizpalastes ein Bier getrunken und war dann in sein Büro zurückgekehrt.

Lucas, der eben eine seit vierzehn Tagen laufende Untersuchung abgeschlossen hatte, saß jetzt am Fall Thouret.

»Nichts Neues über den jungen Jorisse?«

»Immer noch nichts.«

Monique Thourets Freund war am Abend vorher nicht nach Hause gekommen. Vormittags war er nicht in der Buchhandlung erschienen, noch hatte er mittags das Schnellrestaurant am Boulevard Sébastopol, wo er gewöhnlich mit dem Mädchen aß, aufgesucht.

Lucas leitete die Suche nach Jorisse; er war in ständigem Kontakt mit den Bahnhöfen, den Gendarmerien und den Grenzposten.

Janvier und vier seiner Kollegen fahndeten weiter in allen Eisenwarengeschäften nach dem Verkäufer des Messers.

»Hat Neveu angerufen?«

Maigret hätte schon viel eher im Büro zurück sein sollen.

»Vor einer halben Stunde. Er wird sich gegen sechs noch einmal melden.« Maigret fühlte sich ein wenig erschöpft. Das Bild René Lecœurs auf der Anklagebank verfolgte ihn. Ebenso die Stimme des Anwalts, die starr dasitzenden Richter und die in dem trüben Licht des dunkel getäfelten Saales dichtgedrängten Zuschauer. Das ging ihn doch alles nichts an! Sobald die Kripo einen Täter dem Untersuchungsrichter übergeben hatte, war die Aufgabe des Kommissars beendet. Leider verliefen die Dinge nicht immer so, wie er es wünschte. Er wußte auch diesmal nur zu gut, was geschehen würde. Und wenn das seine Sache gewesen wäre...

»Hat Lapointe nichts gefunden?«

Jeder hatte eine bestimmte Aufgabe zugeteilt bekommen. Der kleine Lapointe ging vom Boulevard Saint-Martin aus in einem immer größeren Umkreis von einer Zimmervermieterin zur nächsten. Irgendwo mußte Monsieur Louis seine Schuhe ja gewechselt haben. Entweder er hatte ein eigenes Zimmer, oder er benutzte die Wohnung eines Bekannten, vielleicht die jener Frau mit dem Silberfuchs, die wie seine Ehefrau aufgetreten war und der er einen Ring gekauft hatte.

Santoni behielt weiter Monique im Auge, weil er hoffte, daß Albert Jorisse versuchen würde, mit ihr Verbindung aufzunehmen oder ihr eine Nachricht zuzuspielen.

Die Familie hatte am Tag zuvor die Leiche durch ein Beerdigungsinstitut abholen lassen. Das Begräbnis war für den nächsten Tag angesetzt.

Maigret hatte wieder einen Berg Akten vor sich, mußte eine Menge Papiere unterschreiben, belanglose Telefonate führen. Seltsamerweise hatte kein Mensch wegen Monsieur Louis angerufen, geschrieben oder sich persönlich eingefunden – als hätte sein Tod keine Spur hinterlassen.

»Hallo! Maigret am Apparat.«

Der Kommissar erkannte Neveus Stimme, der sich offenbar in einem Bistro befand, denn im Hintergrund hörte man Radiomusik.

»Immer noch nichts Bestimmtes, Chef. Ich habe noch drei Leute gefunden, die den halben Tag auf den Bänken der Boulevards sitzen und sich an ihn erinnern. Darunter auch eine alte Frau. Sie sagen alle das gleiche: er war sehr liebenswürdig, höflich zu jedem, plauderte gern. Nach Auskunft der alten Frau ging er gewöhnlich in Richtung Place de la République davon, doch in der Menge hat sie ihn immer bald aus den Augen verloren.«

»Hat sie ihn jemals in Begleitung gesehen?«

»Nein, sie nicht. Aber ein Clochard berichtete, daß Thouret einmal jemand erwartet habe und daß er, als der Mann kam, mit ihm fortgegangen sei. Er konnte ihn mir nicht beschreiben und wiederholte nur dauernd: ›Ein Typ, wie sie massenweise herumlaufen.‹«

»Mach weiter«, seufzte Maigret.

Dann rief er seine Frau an, um ihr zu sagen, daß er etwas später nach Hause kommen würde, ging hinunter, stieg ins Auto und ließ sich nach Juvisy fahren.

Es war windig. Tiefhängende Wolken rasten vorüber; ein Bild, wie wenn am Meer Sturm aufzieht.

Nur mit Mühe fand der Chauffeur die Rue des Peupliers wieder. Diesmal brannte nicht nur in der Küche, sondern auch in einem Zimmer im ersten Stock Licht.

Die Klingel funktionierte nicht, sie war wegen des Trauerfalls abgestellt. Aber jemand hatte Maigret kommen hören, denn die Tür öffnete sich einen Spaltbreit. Maigret erblickte eine ihm unbekannte Frau, die vier oder fünf Jahre älter war als Madame Thouret und ihr ziemlich ähnlich sah.

»Kommissar Maigret«, stellte er sich vor.

Zur Küche gewandt, rief sie: »Emilie!«

»Ich hab schon gehört! Laß ihn herein!«

Man empfing ihn in der Küche, denn im Eßzimmer lag

der Tote aufgebahrt. In dem engen Flur roch es stark nach Blumen und Kerzen. Mehrere Personen saßen bei einer kalten Mahlzeit um den Küchentisch herum.

»Verzeihen Sie, daß ich störe.«

»Darf ich Ihnen meinen Schwager, Monsieur Magnin, vorstellen? Er ist Kontrolleur bei der Bahn.«

»Angenehm.«

Magnin wirkte feierlich und etwas beschränkt. Er hatte einen roten Schnurrbart und einen hüpfenden Adamsapfel.

»Meine Schwester Jeanne kennen Sie schon. Dies hier ist Céline ...« Die vielen Menschen hatten in dem winzigen Raum kaum Platz. Nur Monique hatte sich nicht von ihrem Stuhl erhoben. Sie blickte den Kommissar starr an. Sie schien zu glauben, daß er ihretwegen gekommen war, um sie über Albert Jorisse auszufragen. Wie gelähmt vor Angst saß sie da.

»Mein Schwager Landin, Célines Mann, kommt heute nacht mit dem ›Blauen Zug‹ zurück. Er wird gerade noch rechtzeitig zur Beerdigung eintreffen. Wollen Sie nicht Platz nehmen?«

Maigret schüttelte den Kopf.

»Möchten Sie ihn vielleicht sehen?«

Sie legte Wert darauf, ihm zu zeigen, wie prächtig alles arrangiert war. Er folgte ihr ins Nachbarzimmer, wo Louis Thouret im offenen Sarg lag.

»Sieht er nicht aus, als ob er schliefe?«

Maigret wußte, was sich gehörte: er tauchte einen Buchsbaumzweig ins Weihwasser, bekreuzigte sich, bewegte leise die Lippen und bekreuzigte sich von neuem.

»Er hat seinen Tod nicht gespürt ...«

Und sie fügte hinzu:

»Er hat das Leben so geliebt!«

Sie verließen den Raum auf Zehenspitzen. Sie schloß die Tür hinter sich. Die anderen warteten darauf, daß Maigret wieder ging, um weiteressen zu können.

»Werden Sie an dem Begräbnis teilnehmen, Herr Kommissar?«

»Ja, ich werde dasein. Deshalb bin ich ja gekommen.«

Monique saß immer noch reglos da, aber bei diesen Worten schien ihr ein Stein vom Herzen zu fallen. Maigret beachtete sie gar nicht, und sie wagte sich nicht zu rühren, als könnte sie auf diese Weise ihr Schicksal beschwören.

»Im Gegensatz zu mir kennen Sie und Ihre Schwestern vermutlich die meisten Trauergäste, die bei der Beerdigung dabeisein werden.«

»Ich verstehe!« rief der Schwager Magnin, als hätte er gerade dieselbe Idee gehabt. Und zu den anderen gewandt, schien er sagen zu wollen: ›Ihr werdet es schon sehen!‹

»Ich habe nur eine Bitte: Geben Sie mir einen Wink, falls Ihnen jemand auffällt, der dort eigentlich nichts zu suchen hat.«

»Glauben Sie, daß der Mörder kommen wird?«

»Nicht unbedingt der Mörder. Nur darf uns gar nichts entgehen. Immerhin tappen wir, was das Leben Ihres Mannes in den letzten drei Jahren angeht, weitgehend im dunkeln.«

»Denken Sie an eine Frau?«

Nicht nur in ihrem Gesicht, sondern auch in denen ihrer Schwestern lag plötzlich ein harter Ausdruck.

»Ich denke an nichts Bestimmtes. Ich bin auf der Suche.

Wenn Sie mir also morgen ein Zeichen geben, werde ich sofort wissen, was es bedeutet.«

»Bei jedem, den wir nicht kennen?«

Er nickte und entschuldigte sich noch einmal für die Störung. Magnin brachte ihn zur Tür.

»Unter uns, verfolgen Sie eine Spur?« fragte er, so wie man mit dem Arzt spricht, der eben von seinem Patienten kommt.

»Nein.«

»Nicht die geringste Vermutung?«

»Nicht die geringste. Guten Abend.«

Dieser Besuch hatte ihm den Druck nicht nehmen können, der auf seinen Schultern lastete, seit er seine Vernehmung im Prozeß Lecœur hatte abwarten müssen. Auf der Rückfahrt nach Paris mußte er an etwas denken, was mit diesem ganzen Fall eigentlich nichts zu tun hatte.

Als er mit zwanzig Jahren in die Hauptstadt gekommen war, hatte ihn am stärksten das pulsierende Leben der Großstadt beeindruckt, dieses unaufhörliche Jagen Hunderttausender nach irgend etwas. An einigen gleichsam strategischen Punkten war dieses Pulsieren stärker spürbar als anderswo, zum Beispiel in den Markthallen auf der Place Clichy, an der Bastille und auf dem Boulevard Saint-Martin, wo Monsieur Louis ermordet worden war. In dieser ewig rastlosen Masse hatten ihn damals jene Menschen erschüttert und mit einer romantischen Unruhe erfüllt, die den Halt verloren hatten, die Entmutigten, Geschlagenen, Gescheiterten, die hilflos ihrem Untergang entgegentrieben.

Inzwischen hatte er sie längst durchschaut, und sie konnten ihn nicht mehr beeindrucken. Heute interessierte er sich mehr für jene, die eine Stufe höher standen: für die Anständigen, Ordentlichen, Unromantischen, die Tag für Tag darum kämpften, oben zu bleiben, sich etwas vorzumachen und an ihre eigene Existenz zu glauben oder daran, daß das Leben lebenswert war.

Fünfundzwanzig Jahre lang hatte Monsieur Louis jeden Morgen denselben Zug genommen, hatte mit denselben Leuten im Abteil gesessen, die Wachstuchtasche unter dem Arm. Und am Abend war er in das ›Haus der drei Schwestern‹ zurückgekehrt, wie es Maigret am liebsten bezeichnet hätte, denn Céline und Jeanne waren, auch wenn sie in anderen Straßen wohnten, immer gegenwärtig, und die drei Frauen versperrten jeden Blick in die Weite wie eine hohe Steinmauer.

»Zum Büro, Chef?«

»Nein, nach Hause.«

An diesem Abend führte er Madame Maigret wie gewöhnlich in das Kino am Boulevard Bonne-Nouvelle. Zweimal gingen sie Arm in Arm an der Sackgasse am Boulevard Saint-Martin vorüber.

»Hast du schlechte Laune?«

»Nein.«

»Du hast den ganzen Abend noch kein Wort gesagt.«

»Das ist mir gar nicht aufgefallen.«

In der Nacht, um drei oder vier Uhr, begann es zu regnen, und Maigret hörte im Schlaf das Wasser die Dachrinnen hinunterstürzen. Als er beim Frühstück saß, goß es wie aus Kübeln, und die Leute auf der Straße klammerten sich an ihre Schirme, die der Sturm andauernd umzustülpen drohte.

»Ein richtiges Allerheiligen-Wetter«, bemerkte Madame Maigret.

Der Kommissar hätte nicht sagen können, warum, aber in seiner Erinnerung war es an Allerheiligen immer grau, windig und kalt gewesen, aber es hatte nie geregnet.

»Hast du viel Arbeit?«

»Ich weiß es noch nicht.«

»Du solltest dein Regenzeug anziehen.«

Er tat es. Doch bevor er ein Taxi gerufen hatte, war er an den Schultern völlig durchnäßt, und im Wagen rann ihm das kalte Wasser vom Hut.

»Quai des Orfèvres.«

Die Beerdigung war um zehn Uhr. Er ging einen Augenblick ins Büro des Chefs, ohne aber bis zum Ende des Rapports zu bleiben. Er wartete auf Neveu, der ihn abholen sollte. Er wollte ihn auf alle Fälle mitnehmen, denn der Inspektor kannte mittlerweile viele Gesichter im Quartier Saint-Martin, und Maigret hatte da so eine Idee im Kopf.

»Noch nichts Neues von Jorisse?« fragte er Lucas.

Ohne besonderen Grund war er davon überzeugt, daß der junge Mann Paris nicht verlassen hatte.

»Du solltest eine Liste seiner Freunde aufstellen, mit denen er in den letzten Jahren verkehrt hat.«

»Ich bin schon dabei.«

»Gut, bleib dran.«

Er nahm Neveu mit, der, ebenso durchnäßt wie er selbst, in der Tür erschienen war.

»Schönes Wetter für eine Beerdigung«, brummte der Inspektor. »Hoffentlich fahren sie mit Autos.«

»Sicherlich nicht.«

Zehn Minuten vor zehn erreichten sie das Trauerhaus, wo schwarze Tücher mit silbernen Troddeln vor die Tür gehängt waren. Leute mit Regenschirmen standen auf dem ungepflasterten Gehweg, dessen lehmiger Boden vom Regen so aufgeweicht war, daß sich überall Pfützen bildeten. Ein paar Leute gingen ins Haus, verweilten einen Augenblick an der Bahre und kamen dann mit ernsten, feierlichen Gesichtern wieder heraus – in dem stolzen Bewußtscin, ihrc Pflicht getan zu haben. Um die fünfzig Menschen waren vor dem Haus versammelt. Andere hatten in den Eingängen der Nachbarhäuser Schutz vor dem Regen gesucht, und wieder andere spähten aus den Fenstern, um sich erst im letzten Augenblick dem Trauerzug anzuschließen.

»Gehen Sie nicht hinein, Chef?«

»Ich war gestern schon hier.«

»Es scheint da drin nicht besonders gemütlich zu sein.«

Es war offensichtlich, daß Neveu nicht die traurige Atmosphäre dieses Tages, sondern das Haus überhaupt meinte. Und doch träumten Tausende davon, solch ein eigenes Häuschen zu besitzen.

»Warum sind sie hierher gezogen?«

»Wegen der Schwestern und der Schwäger.«

Unter den Trauergästen waren mehrere Männer in Eisenbahneruniform. Der Rangierbahnhof war nicht weit, und die meisten Bewohner dieser Siedlung hatten mehr oder weniger mit der Bahn zu tun.

Als erstes erschien der Leichenwagen. Dann nahte mit schnellen Schritten im Schutz seines Regenschirmes ein Priester im Ornat, dem ein Ministrant mit dem Kreuz voranging.

Nichts in dieser Straße fing den Wind ab, der allen die durchnäßten Kleidungsstücke auf die Haut preßte. Der Sarg war sofort naß. Während die Familie im Flur wartete, flüsterte Madame Thouret mit ihren Schwestern. Vielleicht hatten sie nicht genügend Schirme?

Sie waren in tiefer Trauer, die beiden Schwäger ebenfalls. Hinter ihnen gingen die Töchter: Monique und ihre drei Kusinen. Zusammen waren es sieben Frauen, und Maigret hätte schwören mögen, daß die Mädchen einander ebenso glichen wie die Mütter. Es war eine Familie von Frauen, und man hatte den Eindruck, daß die Männer sich ihrer Unterlegenheit bewußt waren.

Die Pferde schnaubten. Die Familie stellte sich hinter dem Leichenwagen auf, dann schlossen sich die Freunde und Nachbarn an, denen es zustand, vorne im Zug zu schreiten. Die übrigen folgten wegen der unaufhörlichen Regenböen in ziemlicher Unordnung. Einige gingen sogar auf dem Bürgersteig dicht an den Häusern entlang.

»Erkennst du niemanden wieder?«

Keiner von denen, die sie suchten, war da. Vor allem keine Frau, in der man die mit dem Ring hätte vermuten können. Eine Frau trug zwar einen Fuchskragen, aber der Kommissar hatte sie aus einem Haus in der Straße kommen und die Tür hinter sich abschließen sehen. Und von den Männern konnte man sich kaum einen auf einer Bank am Boulevard Saint-Martin sitzend vorstellen.

Maigret und Neveu blieben trotzdem bis zum Schluß. Glücklicherweise wurde keine Messe gelesen, dem Verstorbenen wurde nur die Absolution erteilt. Man schloß gar nicht erst die Tür der Kirche, auf deren Steinfußboden sich sofort Pfützen bildeten.

Zweimal begegneten sich die Blicke Moniques und des Kommissars, und jedesmal spürte er, daß ihr die Angst im Nacken saß.

»Gehen wir mit zum Friedhof?«

»Es ist nicht weit. Man kann nie wissen.«

Bis zu den Knöcheln wateten sie im Schlamm. Das Grab befand sich in einer neu angelegten Abteilung mit notdürftig gebahnten Wegen. Jedesmal, wenn Maigret zu Madame Thouret hinüberschaute, sah er sie aufmerksam um sich spähen, als wolle sie ihm beweisen, daß sie an seine Worte dachte. Als er dann wie alle anderen den am Grabe stehenden Angehörigen sein Beileid aussprach, flüsterte sie: »Ich habe niemanden bemerkt.«

Ihre Nase war rot vor Kälte, und der Regen hatte ihr den Puder abgewaschen. Auch die Gesichter der vier Kusinen glänzten naß.

Maigret und Neveu warteten noch eine Weile vor dem Friedhofstor und gingen schließlich in die Eckkneipe gegenüber, wo Maigret zwei Grogs bestellte. Sie blieben nicht die einzigen Gäste. Schon wenige Minuten später hatte die halbe Trauergesellschaft das kleine Café überschwemmt. Alle stampften mit den Füßen auf den Steinboden, um sich etwas aufzuwärmen. In den Gesprächen erklang immer wieder die Frage: ›Hat sie keine Pension?‹

Ihre Schwestern allerdings würden eine bekommen, denn

deren Männer waren bei der Bahn. Im Grunde war Monsieur Louis immer der arme Verwandte gewesen – weil er bloß Lagerverwalter war und obendrein niemals eine Pension zu erwarten hatte.

»Was werden sie machen?«

»Die Tochter arbeitet. Bestimmt werden sie einen Untermieter nehmen.«

»Kommst du, Neveu?«

Der Regen begleitete sie bis nach Paris, wo er auf die Straßen prasselte und die Autos mit dicken Schmutzschichten überzogen hatte.

»Wo soll ich dich absetzen?«

»Es lohnt sich nicht, daß ich mich erst umziehe, da ich doch wieder hinaus muß. Lassen Sie mich am Büro raus. Ich nehme dann ein Taxi zu meinem Revier.«

In den Fluren der Polizeipräfektur hatten sich, wie auf den Fliesen der Kirche, überall kleine Pfützen gebildet, und die Luft war auch hier kalt und feucht. Ein Mann mit Handschellen wartete auf einer Bank vor der Tür des Glücksspieldezernats.

»Was Neues, Lucas?«

»Lapointe hat angerufen. Er ist in der Brasserie de la République. Er hat das Zimmer gefunden.«

»Von Louis?«

»Er behauptet es, obwohl die Vermieterin ihn bei seinen Nachforschungen nicht gerade unterstützt.«

»Soll ich zurückrufen?«

»Ja, falls Sie ihn nicht lieber treffen wollen.«

Maigret wollte. Durchnäßt wie er war, hatte er wenig Lust, sich an seinen Schreibtisch zu setzen.

»Sonst noch was?«

»Ein falscher Alarm wegen des jungen Mannes. Es sah so aus, als hätten wir ihn im Wartesaal der Gare Montparnasse entdeckt, aber er war es nicht, nur jemand, der ihm sehr ähnlich sieht.«

Maigret nahm wieder das kleine schwarze Auto und war wenige Minuten später in der Brasserie an der Place de la République, wo Lapointe dicht am Ofen vor einer Tasse Kaffee saß.

»Einen Grog!« rief Maigret.

Ihm war, als sei ein Teil des kalten Regens in seine Nase gedrungen, und er rechnete mit einem Schnupfen – den man sich bekanntlich bei Beerdigungen besonders gern einfängt.

»Wo ist das Zimmer?«

»Ganz in der Nähe. Es war reiner Zufall, daß ich darauf gestoßen bin, denn es ist keine Pension und steht auch nicht in unseren Listen.«

»Bist du sicher, daß es das richtige ist?«

»Sie werden die Wirtin gleich selbst sehen. Auf dem Weg von einem Boulevard zum nächsten kam ich durch die Rue d'Angoulême und sah in einem Fenster ein Schild *Zimmer zu vermieten*. Es ist ein kleines Haus ohne Concierge, nur zwei Stockwerke hoch. Ich klingelte und bat, das Zimmer sehen zu dürfen. Die Wirtin machte mir gleich einen merkwürdigen Eindruck. Sie ist eine Frau in mittleren Jahren, muß einmal rotes Haar gehabt haben, vielleicht war sie sogar eine Schönheit, aber jetzt ist sie ziemlich unansehnlich, hat kaum noch Haare auf dem Kopf und versteckt ihren schlaffen Körper unter einem himmelblauen Morgenrock.

›Ist es für Sie?‹ fragte sie, bevor sie die Tür ganz öffnete. ›Sind Sie alleine?‹ Ich hörte, wie im ersten Stock eine Tür aufging. Für einen Augenblick tauchte über dem Geländer ein Kopf auf. Es war ein hübsches Mädchen, ebenfalls im Morgenrock.«

»Ein Bordell?«

»Wohl nicht so ganz. Ich möchte freilich nicht schwören, daß die Wirtin kein ehemaliges Freudenmädchen ist.

›Wollen Sie das Zimmer monatsweise mieten? Wo arbeiten Sie?‹

Schließlich führte sie mich in ein Zimmer im zweiten Stock, das auf den Hof geht und ganz gut eingerichtet ist. Nur zuviel Plüsch für meinen Geschmack, lauter billige Teppiche und Seidendeckchen und eine Puppe auf dem Diwan. Es roch so richtig nach Frau.

›Wer hat Ihnen meine Adresse gegeben?‹

Ich mußte dauernd auf eine ihrer schlaffen Brüste starren, die aus dem Morgenmantel herauszuquellen drohte. Statt zu antworten, ich hätte das Schild gesehen, sagte ich:

›Einer meiner Freunde‹, und aufs Geratewohl setzte ich hinzu: ›Er hat mir gesagt, daß er bei Ihnen wohnt.‹

›Wer?‹

›Monsieur Louis.‹

Ich merkte sofort, daß sie ihn kannte. Ihr Gesichtsausdruck änderte sich plötzlich, sogar der Ton ihrer Stimme wurde ein anderer.

›Kenne ich nicht‹, erwiderte sie kurz. ›Kommen Sie gewöhnlich spät heim?‹

Sie wollte mich offensichtlich loswerden. Aber ich spielte weiter den Harmlosen.

›Vielleicht ist mein Freund gerade da. Er arbeitet tagsüber nicht und steht spät auf.‹

›Nehmen Sie das Zimmer, ja oder nein?‹

›Ich nehme es, aber…‹

›Die Miete muß im voraus bezahlt werden.‹

Ich griff nach meiner Brieftasche und nahm wie zufällig Monsieur Louis' Foto heraus.

›Ach, da habe ich ja gerade ein Bild meines Freundes!‹

Sie warf nur einen flüchtigen Blick darauf.

›Ich glaube nicht, daß wir beide uns verstehen würden‹, sagte sie und ging auf die Tür zu.

›Aber…‹

›Es ist wohl das beste, Sie gehen wieder. Mir brennt sonst noch mein Mittagessen an.‹

Also für mich steht fest, daß sie ihn gekannt hat. Als ich aus dem Haus ging, sah ich, wie sich ein Vorhang bewegte. Sie muß wohl was gerochen haben.«

»Gehen wir hin«, entschied Maigret.

Trotz der kurzen Entfernung stiegen sie in den Wagen, der gleich darauf vor dem Haus hielt. Wieder bewegte sich der Vorhang. Die Frau öffnete ihnen. Sie war noch nicht angezogen, trug immer noch denselben Morgenmantel, dessen Blau ihr absolut nicht stand.

»Was ist los?«

»Kriminalpolizei.«

»Was wollen Sie? Ich dachte mir doch gleich, daß dieser dumme Kerl mir Scherereien machen würde«, brummte sie mit einem bösen Blick auf Lapointe.

»Wir wollen uns lieber drinnen unterhalten.«

»Von mir aus, bitte. Ich habe nichts zu verbergen.«

»Warum haben Sie nicht zugegeben, daß Monsieur Louis Ihr Mieter ist?«

»Weil das den jungen Schnösel nichts angeht.«

Sie hatte die Tür zu einem kleinen, überheizten Salon geöffnet, wo überall grellbunte Kissen mit aufgestickten Katzen, Herzen und Musiknoten herumlagen. Da durch die Vorhänge kaum Tageslicht drang, knipste sie eine Stehlampe mit großem orangefarbenem Schirm an.

»Was wollen Sie eigentlich von mir?«

Maigret zog das Foto des eben zur letzten Ruhe gebetteten Monsieur Louis aus der Tasche.

»Das ist er doch, nicht wahr?«

»Ja, Sie würden es ja sowieso bald herausfinden.«

»Seit wann war er Ihr Mieter?«

»Seit ungefähr zwei Jahren. Vielleicht auch schon etwas länger.«

»Haben Sie viele?«

»Was? Mieter? Das Haus ist zu groß für eine alleinstehende Frau, und man findet heutzutage nur schwer eine Unterkunft.«

»Wie viele?«

»Im Augenblick habe ich drei.«

»Und ein freies Zimmer?«

»Ja. Das habe ich dem jungen Mann gezeigt. Es war schön dumm von mir, daß ich ihm nicht gleich mißtraut habe.«

»Was wissen Sie von Monsieur Louis?«

»Er war ein friedlicher Mensch, der niemals Schwierigkeiten machte. Da er nachts arbeitete...«

»Wissen Sie, wo?«

»Ich war nicht so neugierig, ihn danach zu fragen. Er ging abends weg und kam morgens wieder. Er brauchte nicht viel Schlaf. Ich habe ihm oft gesagt, er müsse mehr schlafen. Aber die Leute, die nachts arbeiten, sind anscheinend alle so.«

»Hat er viel Besuch bekommen?«

»Was wollen Sie nun eigentlich wissen?«

»Sie lesen doch die Zeitungen...«

Ein aufgeschlagenes Morgenblatt lag auf einem Tisch.

»Ich weiß, worauf Sie hinauswollen. Aber vorher möchte ich sicher sein, daß Sie mir keine Unannehmlichkeiten machen. Ich kenne doch die Polizei!«

Maigret war sicher, daß man in den Akten der Sittenpolizei auf den Namen dieser Frau stoßen würde.

»Ich pfeife es nicht von den Dächern, daß ich Zimmer vermiete, und ich melde die Leute auch nicht an. Das ist kein Verbrechen. Wenn man mir aber einen Strick daraus drehen will...«

»Das hängt ganz von Ihnen ab.«

»Versprechen Sie mir das? Überhaupt, wer sind Sie eigentlich?«

»Kommissar Maigret.«

»Gut. Verstanden. Dann ist es ernster, als ich dachte. Meistens sind es Ihre Kollegen von der Sitte, die mich...«

Und sie ließ, ohne mit der Wimper zu zucken, ein so ordinäres Wort fallen, daß Lapointe fast errötete.

»Schön. Ich weiß, daß er ermordet worden ist. Aber weiter weiß ich nichts.«

»Welchen Namen hat er Ihnen angegeben?«

»Er nannte sich nur Monsieur Louis.«

»Und bekam häufig Besuch von einer dunkelhaarigen Frau in mittleren Jahren?«

»Ja. Eine schöne Frau. Sie ist nicht älter als vierzig und weiß sich jung zu halten.«

»Kam sie oft?«

»Drei- oder viermal in der Woche.«

»Wissen Sie ihren Namen?«

»Ich nannte sie Madame Antoinette.«

»Sie nennen die Leute wohl immer bei ihrem Vornamen?«

»Ich bin nicht neugierig.«

»Blieb sie lange oben?«

»Die Zeit, die eben nötig ist.«

»Den ganzen Nachmittag?«

»Manchmal. Dann auch wieder nur ein oder zwei Stunden.«

»Kam sie nie am Vormittag?«

»Nein. Vielleicht das eine oder andere Mal, jedenfalls nicht oft.«

»Wissen Sie, wo sie wohnt?«

»Ich habe sie nicht danach gefragt.«

»Sind Ihre anderen Mieter Frauen?«

»Ja. Monsieur Louis war der einzige Mann, der...«

»Hat er etwas mit ihnen gehabt?«

»Sie meinen, ob er ein Verhältnis mit ihnen hatte? Das nicht, nein. Ich würde sagen, daß er darauf gar nicht aus war. Wenn er gewollt hätte...«

»Was hatte er mit ihnen zu tun?«

»Er sprach mit ihnen. Sie klopften manchmal bei ihm an und baten um Feuer, Zigaretten oder die Zeitung.«

»Sonst nichts?«

»Sie schwatzten miteinander, manchmal spielte er mit Lucille Karten.«

»Ist sie oben?«

»Sei zwei Tagen bummelt sie herum. Das kommt häufig vor. Wahrscheinlich hat sie jemanden aufgetan. Vergessen Sie nicht, daß Sie mir versprochen haben, mir keine Scherereien zu machen. Auch nicht meinen Mietern!«

Er ging gar nicht darauf ein, irgend etwas versprochen zu haben.

»Sonst hat ihn niemand besucht?«

»Vor kurzem hat zwei- oder dreimal jemand nach ihm gefragt.«

»Ein junges Mädchen?«

»Ja. Sie ist aber nicht hinaufgegangen. Ich sollte ihm sagen, daß sie ihn erwarte.«

»Hat sie ihren Namen genannt?«

»Ja, Monique. Sie wartete im Flur, wollte nicht einmal in den Salon gehen.«

»Ist er heruntergekommen?«

»Das erstemal hat er ein paar Minuten mit ihr gesprochen, und sie ist dann wieder gegangen. Später sind sie immer zusammen weggegangen.«

»Hat er Ihnen erzählt, wer sie war?«

»Er hat mich nur gefragt, ob ich sie hübsch fände.«

»Was haben Sie darauf geantwortet?«

»Sie sei hübsch, wie eben alle in ihrem Alter heute, aber in ein paar Jahren würde sie ein richtiges Trampel sein.«

»Was für Besucher hatte er sonst noch?«

»Wollen Sie sich nicht setzen?«

»Danke. Ich will Ihnen nicht Ihre Polster naß machen.«

»Ich halte das Haus so sauber, wie ich kann. Aber etwas fällt mir noch ein: es ist noch jemand zu ihm gekommen, ein junger Mann, der seinen Namen nicht genannt hat. Als ich Monsieur Louis sagte, daß er unten sei, schien er sonderbar erregt. Er bat mich, ihn heraufzuschicken. Der junge Mann ist etwa zehn Minuten geblieben.«

»Wie lange ist das her?«

»Das war Mitte August. Ich erinnere mich noch an die Hitze und die Fliegen.«

»War er noch einmal hier?«

»Einmal sind sie zusammen gekommen, als hätten sie sich auf der Straße getroffen. Sie sind nach oben gegangen, aber der junge Mann ist gleich darauf wieder verschwunden.«

»Ist das alles?«

»Nun, ich meine, das ist doch schon allerhand. Und jetzt wollen Sie ebenfalls hinaufgehen, nehme ich an?«

»Ja.«

»Es ist im zweiten Stock, gegenüber dem Zimmer, das ich Ihrem Inspektor gezeigt habe. Es geht zur Straße. Wir nennen es das ›Grüne Zimmer‹.«

»Es wäre mir lieb, wenn Sie mit uns kämen.«

Sie seufzte und stieg stöhnend die beiden Treppen hinauf.

»Vergessen Sie nicht, daß Sie mir versprochen haben...«

Er zuckte mit den Schultern.

»Übrigens, wenn Sie auf die Idee kommen sollten, mich reinzulegen, werde ich vor Gericht aussagen, daß alles, was Sie erzählen, gelogen ist.«

»Haben Sie den Schlüssel?«

Durch den Spalt einer Tür im unteren Stockwerk sah er

eine splitternackte Frau, die ein Badetuch in der Hand hatte und sie beobachtete.

»Ich habe einen Passepartout.«

Sie beugte sich über das Treppengeländer und rief:

»Es ist nicht die Sitte, Yvette!«

5

Die Witwe des Polizisten

Die Zimmereinrichtung war offenbar in einem Auktionshaus des Viertels erstanden worden. Die Möbel, darunter ein riesiger Spiegelschrank, waren aus massivem Nußbaum und mochten fünfzig bis sechzig Jahre alt sein.

Als Maigret eintrat, fiel ihm zuerst das Vogelbauer auf, das auf einem runden, mit Deckchen geschmückten Tisch stand und in dem ein Kanarienvogel sofort auf und ab zu hüpfen begann. Das erinnerte ihn an den Quai de la Mégisserie, an die Wohnung von Monsieur Saimbron, und er hätte wetten mögen, daß Louis Thouret den Vogel nach einem Besuch bei dem alten Buchhalter gekauft hatte.

»Der gehört wohl ihm?«

»Er hat ihn vor etwa einem Jahr mitgebracht. Sie haben ihn übers Ohr gehauen, der Vogel singt nicht; er hat sich ein Weibchen als Männchen andrehen lassen.«

»Wer hat das Zimmer in Ordnung gehalten?«

»Ich vermiete die Zimmer mit Möbeln und Wäsche, aber sauberhalten müssen die Mieter sie selbst. Am Anfang habe ich es mit einem Zimmermädchen versucht, das gab nur Ärger. Und da ich fast nur an Damen vermiete...«

»Hat Monsieur Louis sein Zimmer selbst geputzt?«

»Er machte das Bett und den Waschtisch und wischte

Staub. Einmal wöchentlich, und nur ausnahmsweise für ihn, habe ich ihm den Boden aufgewischt.«

Sie war in der Tür stehengeblieben, was den Kommissar ein wenig verlegen machte. In seinen Augen war dies kein gewöhnliches Zimmer. Es war Monsieur Louis' Zufluchtsstätte gewesen. Mit anderen Worten: die Sachen hier waren nicht, wie sonst fast immer, Gegenstände des alltäglichen Bedarfs, sondern Ausdruck eines persönlichen, fast geheimen Geschmacks.

In dem Spiegelschrank hing nicht ein einziger Anzug, dafür standen aber drei Paar sorgfältig auf Leisten gezogene gelbe Schuhe darin. In dem obersten Fach lag ein perlgrauer Hut, der kaum getragen war und zu dessen Kauf er sich wohl an einem übermütigen Tag aus purem Protest gegen die Atmosphäre in Juvisy entschlossen hatte.

»Ging er zu Pferderennen?«

»Ich glaube nicht. Er hat nie etwas davon erwähnt.«

»Unterhielt er sich oft mit Ihnen?«

»Manchmal kam er auf einen kleinen Schwatz in den Salon.«

»War er ein heiterer Mensch?«

»Er wirkte immer zufrieden.«

Ebenfalls aus Protest gegen den Geschmack seiner Frau hatte er sich einen geblümten Morgenrock und ein Paar Pantoffeln aus rotem Ziegenleder gekauft. Das Zimmer war aufgeräumt. Jedes Ding hatte seinen Platz, auf den Möbeln lag kein Staub. In einem Wandschrank fand Maigret eine angebrochene Flasche Portwein und zwei Stielgläser. An einem Haken hing ein Regenmantel.

Das hatte Maigret noch nicht bedacht: Wenn es tagsüber

regnete und der Regen am Abend aufhörte, konnte Monsieur Louis unmöglich mit durchnäßter Kleidung nach Juvisy zurückkehren.

Er hatte offenbar stundenlang gelesen. Auf der Kommode waren eine ganze Reihe Bücher aufgestellt: Volksausgaben, Mantel-und-Degen-Geschichten und nur zwei oder drei Kriminalromane, die ihm wohl nicht sonderlich gefallen hatten, denn er hatte sich keine weiteren gekauft.

Sein Sessel war ans Fenster gerückt. Gleich daneben stand auf einem Tischchen eine Fotografie in einem Mahagonirahmen. Sie zeigte eine schwarzgekleidete, etwa vierzigjährige Frau mit dunklem Haar. Die Beschreibung des Verkäufers in dem Juweliergeschäft traf genau auf sie zu. Sie schien ungefähr so groß zu sein wie Madame Thouret und war auch ebenso kräftig wie diese. Sie war, wie man so sagt, eine stattliche Person.

»Ist das die Frau, die ihn mehr oder weniger regelmäßig besuchte?«

»Ja.«

In einer Schublade entdeckte Maigret noch mehr Fotografien, überwiegend Automatenfotos; darunter auch schon etwas verblaßte Bilder von Monsieur Louis. Auf einem trug er seinen perlgrauen Hut.

Außer zwei Paar Socken und einigen Krawatten befanden sich in dem Zimmer keine weiteren persönlichen Sachen. Keine Hemden, keine Unterhosen, auch keinerlei Papiere oder alte Briefe, nicht einer der zahllosen kleinen Gegenstände, mit denen man nach und nach die Schubladen vollstopft.

Maigret dachte an seine Kindheit und wie er manchmal

vor seinen Eltern etwas verstecken wollte. Er nahm einen Stuhl, stellte ihn vor den Spiegelschrank und stieg darauf, um zu sehen, ob oben auf dem Schrank etwas lag. Wie in den meisten Wohnungen war der Schrank mit einer dicken Staubschicht bedeckt, bis auf eine rechteckige, ungefähr buchgroße Fläche, wo noch vor kurzem etwas gelegen haben mußte.

Er ließ sich nichts anmerken. Die Wirtin verfolgte genau jede seiner Bewegungen, und, wie Lapointe erzählt hatte, drohte eine ihrer Brüste, schlaff und zäh wie Brotteig, fortwährend aus dem Morgenrock hervorzuquellen.

»Hatte er einen Schlüssel zu dem Zimmer?«

Bei dem Ermordeten war nur der Hausschlüssel für Juvisy gefunden worden.

»Er hatte einen, doch den ließ er hier, wenn er fortging.«

»Machen die anderen Mieter das auch so?«

»Nein. Er sagte, er würde alles verlieren und ließe seinen Schlüssel lieber unten, um ihn dann, wenn er hinaufging, wieder zu holen. Da er abends oder nachts nie heimkam...«

Maigret nahm das Bild aus dem Rahmen. Ehe er hinausging, gab er dem Vogel frisches Wasser und machte noch einen Rundgang durch das Zimmer.

»Ich komme wahrscheinlich wieder«, kündigte er der Wirtin an, die vor ihnen die Treppe hinabging.

»Einen kleinen Schnaps darf ich Ihnen wohl nicht anbieten?«

»Haben Sie Telefon? Dann geben Sie mir bitte Ihre Nummer. Möglicherweise brauche ich noch eine Auskunft von Ihnen.«

»Bastille 22–51.«

»Und wie heißen Sie?«

»Mariette. Mariette Gibon.«

»Ich danke Ihnen.«

»Ist das alles?«

»Im Augenblick, ja.«

Unter dem immer noch strömenden Regen eilten Maigret und Lapointe zum Auto.

»Fahr uns bis zur Straßenecke«, befahl Maigret dem Chauffeur. Dann wandte er sich an Lapointe:

»Geh noch einmal zu ihr zurück. Ich habe meine Pfeife oben in dem Zimmer liegenlassen.«

»Absichtlich?«

»Ja.«

Der Kommissar hatte noch nie irgendwo seine Pfeife vergessen. Außerdem hatte er immer zwei in der Tasche.

»Halt diese Mariette für ein paar Minuten auf und komm dann dorthin.«

Er deutete auf eine kleine Bar, die auch Tabakwaren verkaufte, lief hinein und ging sofort zum Telefon, um im Büro anzurufen.

»Lucas, bitte... Bist du es, Lucas? Gib sofort Anweisung, daß alle Gespräche für die Nummer Bastille 22–51 abgehört werden.«

Während er dann auf Lapointe wartete und an der Theke ein Glas Bier trank, betrachtete er, da er nichts anderes zu tun hatte, noch einmal die Fotografie der Frau. Es überraschte ihn nicht, daß Louis sich eine Geliebte von ähnlicher Statur wie seine Frau gesucht hatte. Die Frage war nur, ob sie auch denselben Charakter hatte. Möglich war es.

»Hier ist Ihre Pfeife, Chef.«

»Hat sie telefoniert, als du kamst?«

»Ich weiß es nicht. Es waren zwei Frauen bei ihr.«

»Die Nackte?«

»Sie hatte einen Morgenrock übergezogen.«

»Du kannst jetzt mittagessen gehen. Wir treffen uns heute nachmittag im Büro. Den Wagen behalte ich.«

Er gab dem Chauffeur Léones Adresse, Rue de Clignancourt, und ließ unterwegs vor einem Süßwarengeschäft halten, wo er eine Schachtel Konfekt kaufte, die er dann beim Überqueren des Gehweges unter dem Mantel hielt. Er fand es ein wenig ungehörig, einen Laden wie den von Léone, in dem so leichte und zarte Sachen verkauft wurden, völlig durchnäßt zu betreten, aber er konnte es nicht ändern. Verlegen überreichte er ihr die Schachtel: »Das ist für Ihre Mama.«

»Sie haben daran gedacht?«

Es mußte an dem nassen Wetter draußen liegen, daß es ihm diesmal noch heißer in dem Laden vorkam als bei seinem letzten Besuch.

»Wollen Sie es ihr nicht selber geben?«

Er zog es vor, vorne im Laden zu bleiben, wo man noch einen gewissen Kontakt mit der Außenwelt hatte.

»Ich wollte Ihnen nur dieses Foto zeigen.«

Sie warf einen raschen Blick darauf und sagte dann sofort:

»Das ist Madame Machère.«

Er war froh. Das war zwar keiner jener Triumphe, von denen die Zeitungen viel Aufhebens machen, im Grunde genommen war es fast nichts, aber ihm bewies es, daß er sich in Monsieur Louis nicht getäuscht hatte. Dieser war nicht der Typ, der eine Frau auf der Straße oder in einem

Lokal aufgelesen hätte. Der Kommissar konnte sich nicht vorstellen, daß Louis sich einer völlig Unbekannten zu nähern versucht hätte.

»Woher kennen Sie sie?«

»Sie hat bei Kaplan gearbeitet. Allerdings nicht lange. Nur sechs oder sieben Monate. Warum zeigen Sie mir dieses Bild?«

»Sie war Monsieur Louis' Freundin.«

»Ach!«

Sie hörte das bestimmt nicht gern, aber es war leider nicht zu vermeiden.

»Haben Sie nichts gemerkt, als die beiden noch in der Rue de Bondy arbeiteten?«

»Ich könnte schwören, daß nie etwas zwischen ihnen gewesen ist. Sie arbeitete in der Versandabteilung, mit zehn oder fünfzehn anderen, je nach Jahreszeit. Sie ist die Frau eines Polizisten, ich erinnere mich ganz genau an sie.«

»Warum hat sie ihre Stellung aufgegeben?«

»Sie hatte, glaube ich, eine Operation.«

»Ich danke Ihnen. Verzeihen Sie, daß ich Sie schon wieder gestört habe.«

»Sie stören mich nicht. Waren Sie bei Monsieur Saimbron?«

»Ja.«

»Sagen Sie, hat Monsieur Louis mit dieser Frau zusammengelebt?«

»Sie besuchte ihn in dem Zimmer, das er in der Nähe der Place de la République gemietet hatte.«

»Ich bin überzeugt, daß es eine reine Freundschaft war und daß sie sonst nichts miteinander hatten.«

»Mag sein...«

»Wenn die Bücher der Firma noch existierten, könnte ich Ihnen ihre Adresse geben, aber ich weiß nicht, wo sie hingekommen sind.«

»Da sie die Frau eines Polizisten ist, werde ich sie schon ausfindig machen. Machère sagten Sie, nicht wahr?«

»Falls mich mein Gedächtnis nicht täuscht, war ihr Vorname Antoinette.«

»Auf Wiedersehen, Mademoiselle Léone.«

»Auf Wiedersehen, Monsieur Maigret.«

Er machte sich eilig davon, denn im Hinterzimmer rührte sich die alte Frau, und er brachte es nicht über sich, sie zu begrüßen.

»Zum Präsidium.«

»Am Quai?«

»Nein. Zur städtischen Polizei.«

Es war Mittag. Aus den Büros und Geschäften kamen Leute, die wegen des Regens nur zögernd den Weg zu ihren gewohnten Restaurants einschlugen. Überall in den Türen standen Gruppen, und auf allen Gesichtern lag dieselbe dumpfe Verdrossenheit. Die Zeitungen an den Kiosken waren aufgeweicht.

»Warte auf mich.«

Maigret ging ins Büro des Personalchefs, fragte nach einem gewissen Machère und erfuhr, daß es wohl einen Polizisten dieses Namens gegeben hatte, daß der aber vor zwei Jahren bei einer Schlägerei getötet worden war. Er hatte in der Avenue Daumesnil gewohnt. Seine Witwe erhielt eine Pension. Das Ehepaar war kinderlos gewesen.

Maigret schrieb sich die Adresse auf. Um Zeit zu gewinnen und sich den Umweg übers Büro zu ersparen, rief er Lucas an.

»Hat sie ein Telefongespräch geführt?«

»Bis jetzt noch nicht.«

»Und sie ist auch nicht angerufen worden?«

»Nein, sie nicht. Nur eines der Mädchen, eine gewisse Olga. Es handelte sich um eine Anprobe. Der Anruf kam von einer Schneiderin an der Place Saint-Georges.«

Maigret beschloß, mit dem Mittagessen noch zu warten. Er trank nur rasch in einer Bar einen Aperitif und stieg dann wieder in das kleine schwarze Auto.

»Avenue Daumesnil.«

Es war fast am Ende der Straße, unweit der Metrostation, ein kleinbürgerliches, ziemlich trist wirkendes Dutzendhaus.

»Wo wohnt Madame Machère?«

»Vierter Stock links.«

Der Aufzug fuhr ruckweise hoch und hatte die Eigenart, immer wieder zwischen den Etagen stehenzubleiben. Der Messingknopf an der Tür glänzte, die Fußmatte war vorbildlich sauber. Maigret läutete. Gleich darauf hörte er drinnen Schritte.

»Einen Augenblick!« rief jemand durch die Tür. Sie schien noch im Morgenmantel zu sein und erst ein Kleid überstreifen zu wollen. Eine Frau wie sie würde sich nicht einmal dem Gasableser im Morgenrock zeigen.

Wortlos musterte sie Maigret. Er sah deutlich, daß sie erregt war.

»Treten Sie ein, Herr Kommissar.«

Sie sah genauso aus wie auf den Fotos und wie der Verkäufer in dem Juweliergeschäft sie beschrieben hatte: groß und kräftig, sehr ruhig und selbstbeherrscht. Sie hatte den Kommissar sofort erkannt. Und natürlich wußte sie auch den Grund seines Besuches.

»Bitte hier entlang … Ich war gerade dabei aufzuräumen.«

Trotzdem war ihr Haar sorgfältig frisiert. Sie trug ein dunkles Kleid, an dem nur der oberste Druckknopf offenstand. Das Parkett glänzte. Neben der Tür standen ein Paar Filzpantoffeln, in die sie sicherlich hineinschlüpfte, wenn sie mit nassen Schuhen von draußen zurückkam.

»Ich mache Ihnen alles schmutzig.«

»Das ist nicht schlimm.«

Es war hier alles so wie in Juvisy, dieselben Nippsachen standen auf den Möbeln, die zwar älter, aber besser gepflegt waren. Über der Anrichte hing das Bild eines Polizisten; eine Medaille war am Rahmen befestigt.

Maigret wollte sie nicht in Verlegenheit bringen oder überrumpeln – was ihm im übrigen auch kaum gelungen wäre. Er sagte einfach:

»Ich bin gekommen, um mit Ihnen über Louis zu sprechen.«

»Darauf war ich gefaßt.«

Obwohl sie sichtlich bewegt war, weinte sie nicht. Sie bewahrte Haltung. »Setzen Sie sich bitte.«

»Da wird nur Ihr Sessel feucht. Sie waren sehr gut befreundet, Louis Thouret und Sie?«

»Er mochte mich gern.«

»Nicht mehr?«

»Vielleicht liebte er mich. Glücklich ist er nie gewesen.«

»Hatten Sie schon eine engere Beziehung, als Sie noch in der Rue de Bondy arbeiteten?«

»Sie vergessen, daß mein Mann damals noch lebte.«

»Hat Louis Ihnen nicht den Hof gemacht?«

»Er war nie anders zu mir als zu all den übrigen Frauen in der Versandabteilung.«

»Erst später also, als die Firma Kaplan nicht mehr existierte, haben Sie sich wiedergesehen?«

»Acht oder neun Monate nach dem Tod meines Mannes.«

»Sind Sie sich zufällig begegnet?«

»Sie können sich sicher denken, daß meine Witwenrente nicht zum Leben reicht. Ich mußte mir also eine Arbeit suchen. Schon zu Lebzeiten meines Mannes hatte ich gelegentlich gearbeitet, eben bei Kaplan. Eine Nachbarin hat mich dem Personalchef vom Châtelet vorgestellt, und ich bin dann als Logenschließerin eingestellt worden.«

»Und da...«

»Ja. Eines Tages bei einer Matinee. Es lief *In achtzig Tagen um die Welt,* ich weiß es noch ganz genau. Ich erkannte Monsieur Louis, als ich ihn zu seinem Platz brachte. Auch er erkannte mich. Weiter geschah nichts. Aber von da an kam er manchmal in die Matinee und hielt immer sofort nach mir Ausschau. So ging das eine ganze Zeit lang, denn außer sonntags fanden nur zweimal in der Woche Frühvorstellungen statt. Eines Tages fragte er mich nach der Vorstellung, ob er mich zu einem Aperitif einladen dürfte. Wir haben dann im Stehen schnell etwas gegessen, denn ich mußte abends wieder zur Vorstellung.«

»Hatte er damals schon sein Zimmer in der Rue d'Angoulême?«

»Ich nehme es an.«

»Hat er Ihnen erzählt, daß er nicht mehr arbeitete?«

»Nein, das nicht, nur, daß er jeden Nachmittag frei wäre.«

»Sie haben nicht gewußt, was er tat?«

»Nein. Ich hätte mir auch nie herausgenommen, ihn danach zu fragen.«

»Sprach er mit Ihnen über seine Frau und seine Tochter?«

»Ja, viel.«

»Was hat er Ihnen erzählt?«

»Wissen Sie, solche Dinge kann man schlecht wiederholen. Wenn ein Mann zu Hause nicht glücklich ist und einem dies und jenes anvertraut...«

»War er nicht glücklich zu Hause?«

»Er wurde von niemandem für voll genommen, wegen seiner Schwäger.«

»Ich verstehe nicht.«

Maigret, der natürlich längst verstanden hatte, wollte sie zum Weiterreden bewegen.

»Sie hatten alle beide gute Stellungen, Freifahrscheine für sich und ihre Familie...«

»Und eine Pension.«

»Ja. Louis mußte sich Vorwürfe anhören, daß er keinen Ehrgeiz hätte, daß er sich sein Leben lang mit dem kläglichen Posten eines Lagerverwalters begnügte.«

»Wohin gingen Sie mit ihm?«

»Fast immer in dasselbe kleine Café in der Rue Saint-Antoine. Wir unterhielten uns stundenlang.«

»Essen Sie gerne Waffeln?«

Sie wurde rot. »Woher wissen Sie das?«

»Er hat Ihnen in der Rue de la Lune welche gekauft.«

»Erst sehr viel später, als...«

»Als Sie regelmäßig in die Rue d'Angoulême gingen?«

»Ja. Er wollte mir das Zimmer zeigen, in dem er einen Teil seiner Zeit verbrachte. Er nannte es seinen Schlupfwinkel und war sehr stolz darauf.«

»Sagte er Ihnen, weshalb er ein Zimmer in der Stadt gemietet hatte?«

»Er wollte wenigstens für ein paar Stunden am Tag einen kleinen Platz für sich haben.«

»Wurden Sie seine Geliebte?«

»Ich bin ziemlich oft zu ihm gegangen.«

»Hat er Ihnen Schmuck geschenkt?«

»Nur ein Paar Ohrringe vor sechs Monaten und vor kurzem einem Ring.«

Sie trug ihn am Finger.

»Er war ein zu guter Mensch, und viel zu sensibel. Er brauchte jemand, der ihn immer wieder ermutigte. Denken Sie, was Sie wollen, ich war vor allem eine Freundin für ihn, seine einzige Freundin.«

»Kam er manchmal hierher?«

»Niemals! Schon allein wegen der Concierge und der Nachbarn nicht. Das ganze Viertel hätte ja darüber geredet.«

»Haben Sie ihn am letzten Montag gesehen?«

»Wir waren ungefähr eine Stunde zusammen.«

»Wann?«

»Am frühen Nachmittag. Ich hatte noch Einkäufe zu machen.«

»Wußten Sie, wo Sie ihn treffen würden?«

»Ich hatte mich mit ihm verabredet.«

»Telefonisch?«

»Nein, ich rief ihn nie an. Wir hatten das bei unserer letzten Begegnung ausgemacht.«

»Wo trafen Sie sich gewöhnlich?«

»Meistens in unserem kleinen Café, manchmal auch an der Kreuzung von der Rue Saint-Martin und den Boulevards.«

»War er pünktlich?«

»Immer. Am Montag war es kalt und neblig. Ich erkälte mich leicht, und so sind wir in ein Aktualitätenkino gegangen.«

»Am Boulevard Bonne-Nouvelle?«

»Sie wissen das?«

»Um wieviel Uhr haben Sie sich getrennt?«

»Gegen vier. Eine halbe Stunde vor seinem Tod, wenn stimmt, was in den Zeitungen steht.«

»Sie wissen nicht, ob er noch eine Verabredung hatte?«

»Er hat mir nichts davon gesagt.«

»Sprach er mit Ihnen über seine Freunde, über Leute, mit denen er zu tun hatte?«

Sie schüttelte den Kopf und blickte zu dem Büfett mit Glastüren im Eßzimmer.

»Darf ich Ihnen etwas zu trinken anbieten? Ich habe allerdings nur Wermut. Die Flasche steht schon lange da, denn ich trinke keinen Alkohol.«

Um ihr eine Freude zu machen, nahm Maigret das Angebot an. Auf dem Boden der Flasche hatte sich Satz gebildet. Die Flasche schien noch aus der Zeit ihres Mannes zu stammen.

»Als ich es in der Zeitung las, war ich nahe dran, Sie aufzusuchen. Mein Mann hat viel von Ihnen gesprochen. Ich habe auch oft Ihr Foto gesehen, deshalb habe ich Sie vorhin gleich erkannt.«

»Hat Louis nie davon gesprochen, sich scheiden zu lassen, um Sie zu heiraten?«

»Er hatte zuviel Angst vor seiner Frau.«

»Auch vor seiner Tochter?«

»Seine Tochter liebte er über alles. Er hätte alles für sie getan. Trotzdem war er, glaube ich, ein wenig enttäuscht von ihr.«

»Warum?«

»Das ist nur so eine Vermutung. Er war oft traurig.«

Sie schien auch nicht gerade ein heiterer Mensch zu sein. Sie sprach mit einer monotonen, farblosen Stimme. Ob sie es war, die sein Zimmer in der Rue d'Angoulême in Ordnung gehalten hatte?

Maigret konnte sich nicht vorstellen, wie sie sich vor Louis entkleidete und sich auf dem Bett ausstreckte. Er konnte sie sich nicht einmal nackt vorstellen, oder in Höschen und Büstenhalter. Viel deutlicher sah er die beiden an einem der hinteren Tische in ihrem kleinen Café sitzen, wo sie sich im Dämmerlicht halblaut unterhielten und dabei immer wieder einen Blick auf die Uhr über der Theke warfen. »Gab er viel Geld aus?«

»Es kommt darauf an, was Sie unter viel verstehen. Er brauchte sich nicht einzuschränken. Man merkte, daß es ihm gutging, und er hätte mir eine Unmenge Geschenke gemacht, wenn ich es zugelassen hätte, vor allem unnütze Dinge, die er in den Schaufenstern entdeckte.«

»Haben Sie ihn jemals auf einer Bank sitzen sehen?«

»Auf einer Bank?« wiederholte sie in einem Ton, als hätte diese Frage sie erschreckt. Und zögernd antwortete sie:

»Ja, einmal, als ich vormittags Besorgungen machte. Er unterhielt sich mit einem mageren Mann, der mir merkwürdig vorkam.«

»Warum?«

»Weil ich bei seinem Anblick an einen abgeschminkten Clown denken mußte. Ich habe ihn aber nicht genauer angesehen. Ich stellte lediglich fest, daß seine Schuhe abgetragen und seine Hosenbeine unten ausgefranst waren.«

»Haben Sie Louis gefragt, wer das war?«

»Ja, und er antwortete, daß man auf den Bänken den unterschiedlichsten und oft amüsanten Leuten begegnen könnte.«

»Sonst wissen Sie nichts? Hatten Sie nicht das Bedürfnis, bei der Beerdigung dabeizusein?«

»Ich habe es nicht gewagt. In den nächsten Tagen werde ich Blumen an sein Grab bringen. Der Friedhofswärter wird mir sicher sagen, wo es liegt. Werden die Zeitungen mich erwähnen?«

»Sicher nicht.«

»Das ist sehr wichtig für mich. Im Châtelet sind sie sehr streng, ich würde bestimmt meine Stellung verlieren.«

Es war nicht sehr weit bis zum Boulevard Richard-Lenoir, und als Maigret aus der Wohnung von Madame Machère trat, ließ er sich nach Hause fahren und sagte dem Chauffeur:

»Geh irgendwo essen und hol mich in einer Stunde hier ab.«

Beim Essen musterte seine Frau ihn aufmerksamer als sonst. Schließlich fragte sie:

»Was hast du?«

»Was soll ich haben?«

»Ich weiß nicht. Du bist heute nicht du selbst.«

»Wer dann?«

»Irgend jemand, aber nicht Maigret.«

Er lachte. Er war in Gedanken tatsächlich so sehr mit Louis beschäftigt, daß er unwillkürlich dessen Gesichtsausdruck annahm und sich so benahm, wie dieser sich seiner Meinung nach benommen hätte.

»Ich hoffe, du ziehst einen anderen Anzug an!«

»Wozu? Ich werde sowieso gleich wieder naß.«

»Mußt du noch zu einem anderen Begräbnis?«

Er zog dennoch den Anzug an, den seine Frau ihm bereitgelegt hatte. Es war ein angenehmes Gefühl, trockene Sachen auf dem Leib zu haben, wenn auch nur für kurze Zeit.

Am Quai des Orfèvres ging er nicht gleich in sein Büro, sondern erst einmal zum Sittendezernat.

»Kennst du eine gewisse Mariette oder Marie Gibon? Sieh doch bitte mal in der Kartei nach.«

»Jung?«

»In den Fünfzigern.«

Daraufhin zog der Inspektor einen Karteikasten mit vergilbten und verstaubten Karten heraus. Er mußte nicht lange suchen. Das Mädchen Gibon, geboren in Saint Malo, war elf Jahre lang als Dirne registriert gewesen, hatte dreimal im ehemaligen Frauengefängnis Saint-Lazare eingesessen und war zweimal wegen Diebstahls an einem ihrer Kunden festgenommen worden.

»Wurde sie verurteilt?«

»Nein, man mußte sie mangels Beweisen freilassen.«

»Und später?«

»Einen Augenblick, da muß ich in einem anderen Kasten nachsehen.«

In einer neueren Kartei, die aber auch schon an die zehn Jahre alt war, war ihr Name ebenfalls aufgeführt.

»Vor dem Krieg hat sie einen Massagesalon in der Rue des Martyrs geleitet. Sie lebte damals mit einem gewissen Philippe Natali, genannt Philippi, zusammen, der wegen Mordes zu zehn Jahren verurteilt wurde. Ich erinnere mich an den Fall. Zu dritt oder zu viert haben sie in einer Kneipe in der Rue Fontaine einen von einer anderen Verbrecherbande erschossen. Man hat nie herausgekriegt, wer den Schuß abgegeben hatte, und so wurden sie alle verurteilt.«

»Ist er wieder frei?«

»Er starb in Fontevrault.«

Damit war nichts anzufangen.

»Und was treibt sie jetzt?«

»Ich weiß es nicht. Wenn sie nicht auch gestorben ist.«

»Sie lebt.«

»Dann muß sie sich gebessert haben. Vielleicht ist sie Schutzpatronin ihres Heimatdorfes?«

»Nein, sie führt eine Pension in der Rue d'Angoulême, ist aber nicht polizeilich gemeldet und vermietet hauptsächlich an Straßenmädchen, die aber, wie mir scheint, ihr Gewerbe anderswo ausüben.«

»Aha.«

»Es wäre mir recht, wenn die Gegend beobachtet und ihre Bewohner unter die Lupe genommen würden.«

»Nichts leichter als das.«

»Und wenn jemand von der Sitte in der Rue d'Angoulême Stellung bezieht, kommen wir wahrscheinlich besser voran. Die Männer aus meiner Abteilung würden gewisse Leute nicht unbedingt gleich erkennen.«

»Einverstanden.«

Maigret ließ sich in den Sessel seines Schreibtischs fallen – endlich konnte er sitzen! Gleich darauf erschien Lucas in der Tür.

»Was Neues?«

»Was die Telefonanrufe betrifft, nichts. Die Nummer ist nicht verlangt worden. Aber heute morgen hat sich etwas Merkwürdiges ereignet: eine gewisse Madame Thévenard, die mit ihrem Neffen in der Rue Gay Lussac wohnt, hatte ihre Wohnung verlassen, um an einer Beerdigung teilzunehmen. Nicht die Beerdigung von Thouret, eine andere in ihrem Viertel. Während ihrer Abwesenheit war niemand in der Wohnung. Als sie zurückkehrte und die Speisekammer öffnete, um ihre Einkäufe, die sie auf dem Heimweg gemacht hatte, einzuräumen, merkte sie, daß eine Wurst, die zwei Stunden vorher noch dort hing, verschwunden war.«

»Ist sie sicher, daß...«

»Ganz sicher! Und als sie dann auch noch die Wohnung durchsuchte...«

»Hat sie's nicht mit der Angst bekommen?«

»Sie nahm den Armeerevolver ihres verstorbenen Mannes, der den Krieg von 1914 mitgemacht hatte. Sie ist ein lustiges Frauchen, sehr klein, rundlich und immer zum Lachen aufgelegt. Unter dem Bett ihres Neffen hat sie Brotkrümel und ein Taschentuch gefunden, das nicht ihrem Jungen gehört.«

»Was ist mit dem Neffen?«

»Er heißt Hubert mit Vornamen und ist Student. Da die Thévenards nicht viel Geld haben, arbeitet er tagsüber als Verkäufer in der Buchhandlung am Boulevard Saint-Michel. Verstehen Sie jetzt?«

»Ja. Hat die Tante die Polizei alarmiert?«

»Sie ist in die Concierge-Loge hinuntergegangen und hat von dort aus das Revier angerufen. Der Inspektor hat mich sofort davon unterrichtet. Ich habe Leroy in die Buchhandlung geschickt, um Hubert zu vernehmen. Der junge Mann hat am ganzen Leib gezittert und ist dann in lautes Schluchzen ausgebrochen.«

»Ist Albert Jorisse sein Freund?«

»Ja. Und Jorisse hat ihn angefleht, sich einige Tage in seinem Zimmer verstecken zu dürfen.«

»Welchen Grund hat er ihm genannt?«

»Er hätte sich mit seinen Eltern gestritten, und sein Vater sei so wütend, daß er ihn glatt totschlagen würde.«

»Und so hat er also zwei Tage und zwei Nächte unter dem Bett verbracht?«

»Nur einen Tag und eine Nacht. In der ersten Nacht ist er in den Straßen umhergeirrt, wenigstens hat er das seinem Freund erzählt. Ich habe die Polizeiwachen alarmiert. Er läuft jetzt bestimmt wieder in der Stadt herum.«

»Hat er Geld?«

»Das wußte Hubert Thévenard nicht.«

»Hast du die Bahnhöfe verständigt?«

»Alle Maßnahmen sind getroffen, Chef. Es würde mich wundern, wenn er nicht bis spätestens morgen früh hier abgeliefert wird.«

Was mochten die in Juvisy jetzt wohl machen? Sicher hatten die Witwe, ihre Schwestern, deren Männer und die Töchter zusammen ein gutes Abendessen verzehrt, den üblichen Leichenschmaus, und dabei über Madame Thourets und Moniques Zukunft beratschlagt.

Maigret hätte schwören mögen, daß die Männer Schnaps getrunken und sich dann, behaglich in ihre Stühle zurückgelehnt, eine Verdauungszigarre angezündet hatten.

›Nimm auch ein Gläschen, Emilie. Du mußt wieder hochkommen.‹

Was wurde über den Toten geredet? Es war schon bemerkenswert, daß trotz des schlechten Wetters so viele Leute zur Beerdigung gekommen waren. Maigret wäre am liebsten hinausgefahren, vor allem, weil er Monique treffen wollte, um ein ernstes Wörtchen mit ihr zu reden – nur nicht bei ihr zu Hause. Offiziell vorladen wollte er sie aber auch nicht. So langte er mechanisch zum Telefon und wählte die Nummer ihrer Firma.

»Spreche ich mit Geber & Bachelier?«

»Ja, Georges Bachelier am Apparat.«

»Können Sie mir sagen, ob Mademoiselle Thouret morgen früh im Büro sein wird?«

»Sicher. Sie mußte heute wegen eines Familienereignisses freinehmen, doch es gibt keinen Grund, daß ... Mit wem spreche ich bitte?«

Maigret legte auf.

»Ist Santoni hier?«

»Ich habe ihn seit heute morgen nicht mehr gesehen.«

»Leg ihm einen Zettel auf den Schreibtisch, daß er morgen früh am Eingang von Geber & Bachelier auf Mademoiselle Thouret warten und sie zu mir bringen soll. Er soll sie freundlich behandeln.«

»Hierher?«

»Ja, in mein Büro.«

»Sonst noch etwas?«

»Nein, nichts mehr. Ich will jetzt in Ruhe arbeiten.«

Für heute hatte er genug von Louis Thouret, seiner Familie und seiner Geliebten. Wäre ihm das nicht gegen seine berufliche Ehre gegangen, dann hätte er jetzt das Büro sich selbst überlassen und wäre ins Kino gegangen.

Bis sieben Uhr abends arbeitete er mit einer Verbissenheit, als hinge das Schicksal der Welt davon ab. Er erledigte nicht nur die Akte ›Laufendes‹, sondern befaßte sich auch mit den bedeutungslosen Fällen, die seit Wochen, einige schon seit Monaten, auf ihre Bearbeitung warteten.

Als er schließlich das Büro verließ, war sein Blick trüb von all dem Starren auf bedrucktes Papier. Etwas kam ihm jedoch merkwürdig verändert vor. Es dauerte eine ganze Weile, bis er die Hand ausstreckte und feststellte, daß es nicht mehr regnete. Es war, als fehlte etwas.

6

Die Bettler

»Was macht sie?«

»Nichts. Sie sitzt aufrecht da, hält den Kopf hoch und starrt vor sich hin.«

Sie hatte sich nicht einmal in einen Sessel gesetzt, sondern einen der Stühle genommen, die im Warteraum standen.

Maigret ließ sie absichtlich schmoren, wie er sich ausdrückte. Als ihm Santoni etwa zwanzig nach neun gemeldet hatte, daß Monique da sei, hatte er gebrummt:

»Laß sie im Käfig sitzen.«

So nannte er den verglasten, mit grünen Veloursesseln ausgestatteten Warteraum, in dem schon viele andere vor Monique die Fassung verloren hatten.

»Wie sieht sie aus?«

»Sie ist in Trauer.«

»Das meine ich doch nicht.«

»Es schien fast, als hätte sie mich erwartet. Ich stand zwei oder drei Meter vor dem Eingang des Gebäudes in der Rue de Rivoli. Als sie kam, trat ich auf sie zu und sagte: ›Entschuldigung, Mademoiselle...‹

Sie muß kurzsichtig sein, denn als sie mich anschaute, kniff sie die Augen zusammen. Dann sagte sie:

›Ach, Sie sind's!‹

›Der Kommissar möchte Sie einen Augenblick sprechen …‹

Sie protestierte nicht. Ich rief ein Taxi. Auf dem ganzen Weg hat sie kein einziges Mal den Mund aufgemacht.«

Nach dem tagelangen Regen kam nun sogar die Sonne heraus, und die feuchte Luft ließ das Licht grell strahlen.

Maigret hatte Monique in ihrer Ecke sitzen sehen, als er zum Rapport ging. Eine halbe Stunde später, als er in sein Büro zurückkam, saß sie immer noch dort. Nach einer Weile beauftragte er Lucas, nach ihr zu sehen.

»Liest sie?«

»Nein, sie tut gar nichts.«

Von ihrem Platz aus konnte Monique das Treiben bei der Kripo beobachten – so ähnlich, wie wenn gelegentlich in einem Restaurant die Küchentür aufgeht und man einen Blick in die Küche erhascht. Auf dem Flur mit den unzähligen Türen sah sie das Kommen und Gehen der Inspektoren, wie sie, mit Akten in den Händen, von einem Büro ins andere gingen, zu einem Einsatz aufbrachen oder gerade zurückkamen. Manchmal blieben sie stehen und wechselten ein paar Worte über einen laufenden Fall, einer führte einen Häftling in Handschellen ab, ein anderer stieß eine heulende Frau vor sich her.

Mehrere Leute, die nach ihr gekommen waren, hatte man schon in die Büros geführt. Doch Monique wirkte immer noch nicht ungeduldig.

Das Telefon in der Rue d'Angoulême blieb stumm. Ahnte Mariette Gibon etwas? Hatte sie nach dem Trick mit der vergessenen Pfeife Lunte gerochen?

Neveu, der abwechselnd mit einem Kollegen aus dem

Arrondissement das Haus observierte, hatte nichts Ungewöhnliches bemerkt.

Von Albert Jorisse wußte man mit ziemlicher Sicherheit, daß er am Abend vorher um sechs Uhr noch in Paris gewesen war. Verkehrspolizist Dambois, der wie alle anderen über eine Personenbeschreibung verfügte, hatte ihn um diese Zeit an der Kreuzung Place Clichy/Boulevard des Batignolles gesehen. Er war gerade aus einer Bar herausgekommen. Vielleicht war der Beamte zu hastig auf ihn zugeeilt, als er ihn ergreifen wollte. Jedenfalls fing Jorisse an zu laufen, in die Menschenmenge hinein, in deren Gedränge er verschwand. Der Polizist hatte gepfiffen und seine Kollegen alarmiert. Doch es war nichts dabei herausgekommen, wie auch? Vergeblich hatte man hinterher das Viertel durchkämmt. Der Wirt des Bistros sagte aus, daß der Junge nicht telefoniert habe. Er hätte allerdings fünf harte Eier, einige Brötchen und drei Tassen Kaffee verschlungen. ›Er sah ausgehungert aus‹, meinte der Wirt.

Richter Coméliau hatte Maigret angerufen.

›Immer noch nichts Neues?‹

›Ich hoffe, den Mörder in den nächsten achtundvierzig Stunden zu fassen.‹

›Ist es das, was wir uns dachten? Raubmord?‹

Maigret hatte bejaht.

Da war noch die Sache mit dem Messer. In der Morgenpost lag ein Brief von der Herstellerfirma. Gleich zu Beginn der Untersuchung hatte Janvier persönlich dort vorgesprochen und sich von einem der hohen Tiere erklären lassen, daß es keine Möglichkeit gab, herauszufinden, ob dieses eine Messer eher bei dem einen als bei dem anderen Eisenwarenhändler verkauft worden war. Nicht ohne Stolz hatte er ihm die astronomische Zahl genannt, in der die Messer hergestellt werden.

Jetzt teilte jemand, der seine Unterschrift mit dem Zusatz ›stellvertretender Direktor‹ versehen hatte, dem Chef der Kriminalpolizei mit, daß das im Mordfall am Boulevard Saint-Martin verwendete Messer, wie aus der im Heft eingravierten Nummer ersichtlich, zu einer Sendung gehörte, die vor vier Monaten an einen Großhändler in Marseille geliefert wurde.

Also hatten fünf Inspektoren drei Tage lang ihre Zeit vergeudet, indem sie in den Pariser Läden herumgefragt hatten. Janvier war außer sich vor Wut.

»Was soll ich machen, Chef?«

»Gib in Marseille Bescheid. Dann gehst du mit Moers oder einem anderen aus dem Labor in die Rue d'Angoulême. Moers soll alle Fingerabdrücke nehmen, die er in dem Zimmer findet. Er soll nicht vergessen, auch oben auf dem Spiegelschrank genau zu suchen.«

Monique wartete immer noch. Ab und zu hatte Maigret jemand hinausgeschickt, um einen Blick in den Käfig zu werfen.

»Was macht sie?«

»Nichts.«

Stärkere als sie waren nach einer Stunde Warten in dem Glaskäfig mit ihren Nerven am Ende gewesen.

Viertel vor elf seufzte Maigret endlich: »Bring sie herein.«

Er stand auf und entschuldigte sich bei ihr:

»Da unsere Unterhaltung ziemlich lange dauern wird, wollte ich vorher die laufenden Angelegenheiten erledigen.«

»Ich verstehe.«

»Wollen Sie bitte Platz nehmen?«

Sie setzte sich, ordnete links und rechts ihre Haare und legte ihre Handtasche auf den Schoß. Maigret ließ sich auf seinem Stuhl nieder, führte seine Pfeife zum Mund und fragte, bevor er sie anzündete: »Gestatten Sie?«

»Mein Vater hat geraucht. Meine Onkel rauchen auch.«

Sie war weniger nervös, weniger ängstlich als bei ihrem ersten Besuch in diesem Büro. Die Luft war so mild an diesem Vormittag, daß der Kommissar das Fenster einen Spalt offenstehen ließ. Die Geräusche von der Straße drangen gedämpft zu ihnen herauf.

»Ich möchte mit Ihnen selbstverständlich über Ihren Vater reden.«

Sie nickte stumm.

»Und über Sie selbst und noch einige andere Menschen.«

Sie half ihm nicht, blickte nicht zur Seite, wartete nur, als wüßte sie im voraus, welche Fragen er ihr stellen würde.

»Lieben Sie Ihre Mutter sehr, Mademoiselle Monique?«

Er wollte sie sanft einlullen bei diesem Verhör, zu ihr wie zu einem Kind sprechen. Schrittweise wollte er sie an den Punkt bringen, wo sie nur noch die Wahrheit sagen konnte. Aber schon ihre erste Antwort brachte ihn aus dem Konzept.

Ruhig, als wäre es völlig normal, erwiderte sie:

»Nein.«

»Sie wollen damit sagen, daß Sie sich nicht mit ihr verstehen?«

»Ich hasse sie.«

»Darf ich fragen, warum?«

Sie zuckte nur mit den Schultern.

»Sie waren bei uns, Sie haben sie gesehen.«

»Würden Sie sich bitte etwas genauer ausdrücken?«

»Meine Mutter denkt nur an sich, an ihren eigenen Nutzen und an ihre alten Tage. Es quält sie, daß sie eine weniger gute Partie gemacht hat als ihre Schwestern, und sie will alle Welt glauben machen, daß sie es ebenso gut hätte.«

Er mußte sich ein Lächeln verkneifen, denn sie sagte dies in einem furchtbar ernsten Ton.

»Haben Sie Ihren Vater geliebt?«

Sie verharrte einen Augenblick schweigsam, und er mußte seine Frage wiederholen.

»Ich überlege. Ich frage es mich gerade. Jetzt, wo er tot ist, gebe ich das äußerst ungern zu.«

»Daß sie ihn nicht besonders liebten?«

»Er war ein armer Kerl.«

»Wie meinen Sie das?«

»Er unternahm nichts, änderte nichts daran.«

»Woran?«

»An allem.«

Und mit einer plötzlichen Heftigkeit fuhr sie fort:

»An dem Leben, das wir führten. Wenn man das ein Leben nennen kann. Ich habe seit langem die Nase voll davon und nur noch den einen Gedanken: fort!«

»Heiraten?«

»Heiraten oder nicht, wenn ich nur wegkomme.«

»Wollten Sie Ihr Elternhaus in nächster Zukunft verlassen?«

»Über kurz oder lang.«

»Hatten Sie mit Ihren Eltern darüber gesprochen?«

»Wozu denn?«

»Sie hätten sich aus dem Staub gemacht, ohne ein Wort zu sagen?«

»Warum nicht? Was hätte das für sie geändert?«

Er beobachtete sie mit wachsendem Interesse und vergaß, an seiner Pfeife zu ziehen. Zwei- oder dreimal mußte er sie neu anzünden.

»Wann haben Sie erfahren, daß Ihr Vater nicht mehr in der Rue de Bondy arbeitete?« fragte er ohne Umschweife. Er hatte mit einer bestimmten Reaktion auf diese Frage gerechnet, aber sie kam nicht. Sie schien all diese Fragen vorausgesehen und sich die Antworten darauf bereitgelegt zu haben. Das war die einzige Erklärung für ihr Benehmen.

»Vor ungefähr drei Jahren, ich erinnere mich nicht genau. Es muß im Januar gewesen sein. Januar oder Februar. Es war eisig kalt.«

Die Firma Kaplan hatte Ende Oktober geschlossen. In den Monaten Januar und Februar war Monsieur Louis noch auf Stellensuche gewesen. Damals, am Ende seiner Kraft, hatte er schweren Herzens beschlossen, sich von Mademoiselle Léone und dem alten Buchhalter Geld zu leihen.

»Hat Ihr Vater es Ihnen gesagt?«

»Nein. Es hat sich ganz einfach ergeben. Eines Nachmittags, als ich Gelder kassierte...«

»Sie waren da schon in der Rue de Rivoli beschäftigt?«

»Ich habe mit achtzehn dort angefangen. Der Zufall wollte, daß ich eine Kundin, eine Damenfriseuse, aufsuchen mußte, die in dem Gebäude wohnt, in dem mein Vater arbeitete. Ich warf einen Blick in den Hof. Es war kurz nach vier und schon dunkel. Aber das Gebäude hinten war nicht beleuchtet. Ich wunderte mich darüber und fragte die Concierge, die mir dann mitteilte, daß die Firma Kaplan nicht mehr existierte.«

»Haben Sie Ihrer Mutter etwas gesagt, als Sie nach Hause kamen?«

»Nein.«

»Ihrem Vater auch nicht?«

»Er hätte mir nicht die Wahrheit gesagt.«

»Log er denn öfters?«

»Das ist schwer zu sagen. Er gab sich große Mühe, um Familienszenen zu vermeiden, und antwortete immer das, was meine Mutter hören wollte.«

»Hatte er Angst vor einem Streit?«

»Er wollte seine Ruhe haben.«

In ihrer Stimme lag Geringschätzung.

»Sind Sie ihm nachgegangen?«

»Ja. Zwar nicht am nächsten Tag, denn es bot sich keine Gelegenheit, aber zwei oder drei Tage später. Ich nahm unter dem Vorwand dringender Büroarbeiten einen früheren Zug und wartete in der Nähe des Bahnhofs auf ihn.«

»Was trieb er an jenem Tag?«

»Er hatte sich in mehreren Büros vorgestellt, wie jemand, der nach einer Arbeit sucht. Über Mittag saß er in einer kleinen Bar und aß Croissants, dann eilte er zu einem Zeitungsverlag und las dort am Eingang die Kleinanzeigen. Da habe ich verstanden.«

»Und wie haben Sie reagiert?«

»Was meinen Sie?«

»Haben Sie sich nicht gefragt, warum er zu Hause nichts erzählt hatte?«

»Nein. Das hätte er nicht gewagt. Es wäre zu einer Szene gekommen. Meine Onkel und Tanten hätten es sich nicht nehmen lassen und ihn mit guten Ratschlägen überhäuft und ihm wieder einmal seinen Mangel an Initiative vorgeworfen. Schon als Kind habe ich dieses Wort ständig hören müssen.«

»Ihr Vater kam nichtsdestoweniger am Ende jedes Monats mit seinem Gehalt nach Hause?«

»Ja. Und das war es auch, was mich bei der ganzen Sache stutzig machte. Jedesmal rechnete ich damit, ihn mit leeren Händen ankommen zu sehen. Statt dessen teilte er eines schönen Tages meiner Mutter sogar mit, daß er eine Gehaltserhöhung ›gefordert‹ und sie auch bekommen habe.«

»Wann war das?«

»Eine ganze Zeit später. Im Sommer. Etwa im August.«

»Schlossen Sie daraus, daß Ihr Vater eine neue Stellung gefunden hatte?«

»Ja. Aber ich wollte es genau wissen und bin ihm wieder gefolgt. Er arbeitete immer noch nicht. Er ging spazieren, saß auf Bänken. In der Annahme, daß er vielleicht seinen freien Tag hatte, ging ich ihm nach ein oder zwei Wochen, an einem anderen Wochentag, noch einmal nach. Und an diesem Tag hat er mich gesehen. Er hatte sich gerade auf eine Bank an den Grands Boulevards gesetzt. Er ist blaß geworden, zögerte und kam mir schließlich entgegen.«

»Wußte er, daß Sie ihm gefolgt waren?«

»Ich glaube nicht. Er schien es für ein zufälliges Treffen zu halten. Er hat mich ins Vertrauen gezogen, als wir bei einer Tasse Kaffee auf einer Terrasse saßen. Es war sehr heiß an diesem Tag.«

»Was hat er Ihnen erzählt?«

»Daß die Firma Kaplan enteignet worden wäre, daß er plötzlich auf der Straße gestanden und es vorgezogen hätte, meiner Mutter nichts davon zu sagen, um sie nicht zu beunruhigen. Er war sicher gewesen, sofort einen neuen Arbeitsplatz zu finden.«

»Trug er gelbe Schuhe?«

»Nicht an dem Tag. Er hat noch hinzugefügt, daß die Suche viel schwieriger als erwartet verlaufen sei, doch daß mittlerweile alles in Ordnung wäre, daß er im Versicherungsgeschäft arbeite und viel Freizeit habe.«

»Warum hatte er zu Hause nichts davon erwähnt?«

»Wieder nur wegen meiner Mutter. Sie verachtet Leute, die von Tür zu Tür gehen, um Staubsauger oder Versicherungen zu verkaufen. Sie nennt sie Taugenichtse und Bettler. Wenn sie erfahren hätte, daß ihr Mann so einen Beruf ausübt, wäre das eine Demütigung gewesen, mit der sie unmöglich hätte leben können, insbesondere vor ihren Schwestern.«

»Ihre Mutter legt großen Wert auf die Meinung ihrer Schwestern, nicht wahr?«

»Sie will ihnen in nichts nachstehen.«

»Glaubten Sie Ihrem Vater die Geschichte mit der Versicherung?«

»Im ersten Augenblick, ja.«

»Und danach?«

»Ich wurde ein wenig unsicher.«

»Warum?«

»Einmal, weil er zuviel Geld verdiente.«

»War es so viel?«

»Ich weiß nicht, was Sie unter ›so viel‹ verstehen. Nach einigen Monaten erklärte er uns, man habe ihn zum stellvertretenden Direktor bei Kaplan ernannt und sein Gehalt weiter erhöht. Ich erinnere mich noch an die Auseinandersetzung darüber. Mama wollte, daß er den Berufseintrag auf seinem Personalausweis ändern lasse. Das Wort ›Lagerverwalter‹ hatte sie immer irgendwie gekränkt. Er entgegnete, daß so eine Lappalie den Gang zu den Behörden nicht wert sei.«

»Ihr Vater und Sie haben sich dabei sicherlich verständnisvoll angeblickt?«

»Wenn er sicher sein konnte, daß meine Mutter gerade nicht hersah, zwinkerte er mir zu. So manchen Morgen ließ er eine Banknote in meine Tasche gleiten.«

»Um Ihre Verschwiegenheit zu erkaufen?«

»Es freute ihn, daß er mir Geld geben konnte.«

»Sie hatten mir gesagt, daß Sie sich ab und zu zum Mittagessen getroffen haben.«

»Das stimmt. Wir verabredeten uns leise im Flur. Im Restaurant durfte ich nur die teuersten Gerichte wählen, und anschließend lud er mich ins Kino ein.«

»Hatte er seine gelben Schuhe an?«

»Ja, einmal. Ich fragte ihn, wo er denn die Schuhe wechselte, und er erklärte mir, daß er aus beruflichen Gründen ein Zimmer in der Stadt halten müsse.«

»Gab er Ihnen die Adresse?«

»Damals nicht. Erst eine ganze Zeit später.«

»Hatten Sie einen Freund?«

»Nein.«

»Wann haben Sie Albert Jorisse kennengelernt?«

Sie errötete nicht, fing auch nicht an zu stottern. Auch auf diese Frage war sie wohl gefaßt.

»Vor vier oder fünf Monaten.«

»Lieben Sie ihn?«

»Wir wollen zusammen weggehen.«

»Um zu heiraten?«

»Sobald er alt genug ist. Er ist erst neunzehn und kann ohne das Einverständnis seiner Eltern nicht heiraten.«

»Und sie wollen nicht zustimmen?«

»Bestimmt nicht.«

»Weshalb?«

»Weil er keine gesicherte Position hat. Seine Eltern denken nur *daran*, genau wie meine Mutter.«

»Wo wollten Sie hin?«

»Nach Südamerika. Ich habe schon einen Paß beantragt.«

»Haben Sie Geld?«

»Etwas. Ich kann einen Teil von dem, was ich verdiene, behalten.«

»Wann haben Sie Ihren Vater zum erstenmal um Geld gebeten?«

Sie sah ihm einen Augenblick in die Augen und seufzte:

»Auch das wissen Sie.«

Und ohne Zögern setzte sie hinzu: »Ich ahnte es schon, deshalb sagte ich Ihnen auch die Wahrheit. Ich glaube nicht, daß Sie so gemein sein werden und meiner Mutter das alles weitererzählen. Es sei denn, Sie sind wie sie.«

»Ich habe keineswegs die Absicht, mit Ihrer Mutter über Ihre Angelegenheiten zu reden.«

»Obwohl das ja auch nichts mehr ändern würde.«

»Sie meinen, daß Sie trotzdem weggehen werden?«

»Ja, früher oder später.«

»Woher kennen Sie die Pariser Adresse Ihres Vaters?«

Jetzt war sie nahe daran zu lügen.

»Albert hat sie herausgefunden.«

»Indem er ihm folgte?«

»Ja. Wir fragten uns beide, wie er seinen Lebensunterhalt verdiente, und beschlossen deshalb, daß Albert ihm nachgehen sollte.«

»Inwiefern interessierte Sie das?«

»Albert behauptete, daß mein Vater unerlaubten Geschäften nachginge.«

»Was versprachen Sie sich davon, das zu wissen?«

»Er schien viel Geld zu verdienen.«

»Und Sie wollten ihn um einen Teil dieses Geldes bitten?«

»Wenigstens um den Betrag, der für die Schiffspassage nötig war.«

»Indem Sie ihn erpressen wollten?«

»Es ist ganz natürlich, daß ein Vater...«

»Kurz, Ihr Freund Albert fing an, hinter Ihrem Vater herzuspionieren.«

»Er ist ihm drei Tage lang gefolgt.«

»Und was hat er entdeckt?«

»Haben Sie selbst denn etwas entdeckt?«

»Ich habe Ihnen eine Frage gestellt.«

»Erstens hat er herausgefunden, daß mein Vater ein Zimmer in der Rue d'Angoulême hatte. Zweitens, daß er überhaupt nicht im Versicherungsgeschäft tätig war, sondern seine Zeit damit verbrachte, auf den Grands Boulevards herumzubummeln und auf den Bänken zu sitzen. Schließlich...«

»Schließlich was?«

»Er hatte eine Geliebte.«

»Welchen Eindruck hat diese Entdeckung auf Sie gemacht?«

»Ich hätte es lieber gesehen, wenn sie jung und hübsch gewesen wäre. Sie gleicht Mama.«

»Haben Sie sie gesehen?«

»Albert zeigte mir, wo sie sich gewöhnlich trafen.«

»Rue Saint-Antoine?«

»Ja. In einem kleinen Café. Ich ging wie zufällig vorbei und warf einen Blick hinein. Ich hatte nicht die Zeit, sie mir näher anzuschauen, doch ich konnte mir nun immerhin ein Bild von ihr machen. Es dürfte mit ihr nicht viel amüsanter gewesen sein als mit Mama.«

»Sie sind dann in die Rue d'Angoulême gegangen?«

»Ja.«

»Hat Ihr Vater Ihnen Geld gegeben?«

»Ja.«

»Haben Sie ihm gedroht?«

»Nein. Ich schwindelte ihm vor, daß ich den Umschlag mit den Geldern der Firma verloren hätte. Wenn ich die Summe nicht auftreiben könnte, sagte ich, würde man mich auf die Straße setzen und womöglich wegen Diebstahls anzeigen.«

»Wie hat er reagiert?«

»Er schien verlegen. Als ich das Foto der Frau auf seinem Tischchen stehen sah, griff ich danach und fragte ganz erstaunt: ›Wer ist das?‹«

»Was hat er geantwortet?«

»Es sei eine Jugendfreundin, die er zufällig wiedergetroffen habe.«

»Finden Sie nicht, daß Sie ziemlich frech zu Ihrem Vater waren?«

»Ich wehre mich nur.«

»Gegen wen?«

»Gegen alle. Ich habe keine Lust, wie meine Mutter zu enden, in einem lächerlichen Haus, in dem man erstickt.«

»Ist auch Albert zu Ihrem Vater gegangen?«

»Nicht, daß ich wüßte.«

»Sie lügen, meine Liebe.«

Sie sah ihn ernst an und gab schließlich zu: »Ja.«

»Warum haben Sie gerade bei dieser Frage gelogen?«

»Weil ich seit der Ermordung meines Vaters damit rechne, daß man Albert verdächtigen wird.«

»Sie wissen, daß er verschwunden ist?«

»Er hat mich angerufen.«

»Wann?«

»Vor zwei Tagen, bevor er verschwunden ist, wie Sie es ausdrücken.«

»Hat er Ihnen gesagt, wohin er geht?«

»Nein. Er war furchtbar aufgeregt. Er ist davon überzeugt, daß man ihn des Mordes beschuldigen wird.«

»Warum?«

»Weil er in der Rue d'Angoulême war.«

»Wie sind Sie darauf gekommen, daß wir seine Spur verfolgen?«

»Als Ihr Inspektor Mademoiselle Blanche, diesen alten Drachen, verhört hat. Sie kann mich nicht ausstehen. Sie hat sich hinterher gebrüstet, so viel von mir erzählt zu haben, daß mir nun wohl für immer das Maul gestopft sei, wie sie wörtlich sagte. Ich habe versucht, Albert zu beruhigen, ihn zu überzeugen, daß es eine Dummheit ist, sich zu verstekken, weil er sich doch gerade dadurch verdächtig macht.«

»Und er hat es nicht eingesehen?«

»Nein. Er konnte vor Aufregung kaum sprechen am Telefon.«

»Was beweist Ihnen, daß er Ihren Vater nicht getötet hat?«

»Warum sollte er es getan haben?«

Ruhig und wie ein vernünftiger Mensch fügte sie hinzu:

»Wir konnten von ihm so viel Geld verlangen, wie wir wollten.«

»Und wenn Ihr Vater sich geweigert hätte?«

»Dazu wäre er nicht in der Lage gewesen. Albert brauchte ihm nur damit zu drohen, alles meiner Mutter zu erzählen. Ich weiß, was Sie denken. Sie haben mich als freches Gör bezeichnet, aber wenn Sie Ihre besten Jahre, wie man so sagt, in einer Atmosphäre wie der von Juvisy hätten verbringen müssen...«

»Sie haben Ihren Vater an seinem Todestag nicht gesehen?«

»Nein.«

»Und Albert?«

»Ich bin ziemlich sicher, daß er ihn nicht getroffen hat. Wir hatten für jenen Tag nichts ausgemacht. Wir haben wie gewöhnlich zusammen gegessen, und er hat nichts dergleichen erwähnt.«

»Wissen Sie, wo Ihr Vater sein Geld aufbewahrte? Wenn ich richtig verstanden habe, hatte Ihre Mutter die Angewohnheit, seine Taschen und seinen Geldbeutel allabendlich zu inspizieren.«

»Das hat sie schon immer gemacht.«

»Warum?«

»Einmal, es liegt schon länger als zehn Jahre zurück, hat sie auf seinem Taschentuch Spuren eines Lippenstifts entdeckt. Meine Mutter benutzt aber keinen Lippenstift.«

»Sie waren noch sehr jung damals?«

»Ich war zehn oder zwölf Jahre alt. Trotzdem erinnere ich mich daran. Sie haben mich gar nicht beachtet. Mein Vater schwor ihr, bei der Hitze sei eine der Packerinnen im Geschäft ohnmächtig geworden und er habe sein Taschentuch mit Alkohol getränkt und ihr unter die Nase gehalten.«

»Was wahrscheinlich der Wahrheit entsprach.«

»Meine Mutter glaubte ihm nicht.«

»Ich will auf meine Frage zurückkommen. Ihr Vater konnte nicht mehr Geld mit nach Hause bringen, als er angeblich verdiente.«

»Er bewahrte es in seinem Zimmer auf.«

»Auf dem Spiegelschrank?«

»Woher wissen Sie das?«

»Und Sie?«

»Als ich ihn eines Tages um Geld bat, stieg er auf einen Stuhl und holte einen gelben Umschlag vom Schrank herunter. Er enthielt Tausendfrancsscheine.«

»Viele?«

»Ein dickes Bündel.«

»Und Albert wußte das.«

»Das war kein Grund, ihn zu ermorden. Ich weiß bestimmt, daß er es nicht gewesen ist. Und außerdem hätte er sowieso kein Messer benutzt.«

»Wieso sind Sie sich so sicher?«

»Ich war dabei, wie er fast ohnmächtig wurde, als er sich einmal mit einem Taschenmesser in den Finger geschnitten hat. Wenn er Blut sieht, wird ihm schlecht.«

»Schlafen Sie mit ihm?«

Wieder einmal zuckte sie mit den Schultern.

»Was für eine Frage!«

»Wo?«

»Irgendwo. Es gibt genügend Hotels in Paris, die nur dafür da sind. Sie werden nicht behaupten wollen, daß die Polizei darüber nicht Bescheid weiß.«

»Kurz und gut, wenn wir diese interessante Unterhaltung zusammenfassen, kommen wir zu dem Schluß, daß Albert und Sie Ihren Vater erpreßten und dies so lange treiben wollten, bis Sie das Geld für Ihre ›Flucht‹ nach Südamerika beisammen hatten.«

Sie widersprach nicht.

»Ich halte ebenfalls fest, daß es Ihnen trotz Ihrer Nachforschungen nicht gelungen ist, herauszufinden, auf welche Art und Weise Ihr Vater zu seinem Geld kam.«

»Wir haben uns nicht besonders darum bemüht.«

»Entscheidend ist, damit wir uns richtig verstehen, nur das Ergebnis.«

Zuweilen hatte Maigret den Eindruck, daß sie ihn fast mitleidig ansah. Für einen Kommissar bei der Kripo kam er ihr offenbar recht naiv vor, ebenso naiv wie es ihre Mutter, ihre Tanten, ihre Onkel waren.

»Jetzt wissen Sie alles«, murmelte sie und wollte aufstehen. »Sie haben gewiß bemerkt, daß ich nicht versucht habe, das Unschuldslamm vor Ihnen zu spielen. Im übrigen ist es mir gleichgültig, was Sie von mir denken.«

Und trotzdem wand sie sich aus irgendeinem Grund noch.

»Werden Sie meiner Mutter bestimmt nichts sagen?«

»Was wäre schon dabei, da Sie ja doch fort wollen?«

»Zum einen wird das noch eine ganze Weile dauern, und zum anderen möchte ich jede Szene vermeiden.«

»Ich verstehe.«

»Albert ist nicht volljährig, seine Eltern könnten...«

»Ich würde mich sehr gerne mit Albert unterhalten.«

»Wenn es an mir läge, wäre er noch heute vormittag hier. So ein Dummkopf. Ich bin sicher, daß er sich irgendwo versteckt hält und vor Angst am ganzen Körper zittert.«

»Sie scheinen ihn nicht gerade zu bewundern.«

»Ich bewundere niemanden.«

»Nur sich selbst.«

»Nein, auch das nicht. Ich wehre mich.«

Warum sollte er noch darüber streiten?

»Wissen meine Chefs, daß ich hier bin?«

»Ich habe angerufen und ausrichten lassen, daß ich Sie wegen gewisser Formalitäten brauche.«

»Um wieviel Uhr erwarten sie mich zurück?«

»Ich habe keine Zeit genannt.«

»Kann ich gehen?«

»Ich halte Sie nicht zurück.«

»Wird einer Ihrer Inspektoren mich verfolgen?«

Er hätte beinahe laut aufgelacht, zwang sich aber, ernst zu bleiben.

»Möglicherweise.«

»Er würde seine Zeit verschwenden.«

»Ich danke Ihnen.«

Und obwohl Maigret sich rein gar nichts davon versprach, ließ er sie tatsächlich durch Janvier, der gerade nichts anderes zu tun hatte, beschatten.

Der Kommissar saß noch gut zehn Minuten an seinem Schreibtisch. Er hatte die Ellbogen aufgestützt, die Pfeife zwischen die Zähne geklemmt und blickte gedankenverloren zum Fenster hin. Plötzlich schüttelte er sich wie jemand, der gerade aufgewacht ist und nicht richtig zu sich kommt. Er stand auf und brummte vor sich hin: »Alter Idiot!«

Ohne recht zu wissen, was er jetzt tun sollte, ging er ins Büro der Inspektoren.

»Noch nichts Neues von dem Burschen?«

Jorisse mußte doch das Bedürfnis haben, mit Monique Verbindung aufzunehmen. Aber wie sollte er das anstellen, ohne dabei gefaßt zu werden? Eine nicht ganz unwichtige Frage hatte Maigret vergessen: Wer von den beiden bewahrte das Geld auf, das sie für die Überfahrt nach Südamerika auf die hohe Kante legten? Hatte er das Geld, dann trug er es sicher bei sich. Andernfalls saß er jetzt möglicherweise auf dem trockenen und konnte sich nicht einmal mehr etwas zu essen kaufen.

Maigret wartete noch ein paar Minuten, ging nachdenklich zwischen den beiden Büros hin und her und rief dann bei Geber & Bachelier an.

»Ich möchte Mademoiselle Monique Thouret sprechen.«

»Einen Augenblick, ich glaube, sie kommt gerade herein.«

»Hallo!« hörte er Moniques Stimme.

»Freuen Sie sich nicht zu früh. Hier spricht nicht Albert, sondern der Kommissar. Ich habe noch eine Frage: Wer hat das Geld, Sie oder er?«

Sie verstand sofort.

»Ich.«

»Wo?«

»Ich habe es hier in meinem Schreibtisch eingeschlossen.«

»Hat er Geld bei sich?«

»Bestimmt nicht viel.«

»Danke, das war's.«

Lucas machte ihm ein Zeichen, daß er am anderen Apparat verlangt wurde. Er erkannte Lapointes Stimme.

»Rufst du aus der Rue d'Angoulême an?« fragte der Kommissar verwundert.

»Nicht aus dem Haus. Ich bin in dem Bistro an der Ecke.«

»Was ist los?«

»Ich weiß nicht, ob eine Absicht dahintersteckt, aber ich wollte Sie auf jeden Fall davon unterrichten, daß das Zimmer von oben bis unten geputzt worden ist. Der Fußboden und die Möbel sind frisch gewachst, und überall ist abgestaubt worden.«

»Auch auf dem Schrank?«

»Ja, auch da. Ich hatte den Eindruck, daß das Weib sich über mich lustig machte. Auf meine Frage, wann dieser Großputz stattgefunden habe, antwortete sie, daß gestern nachmittag die Putzfrau, die zweimal wöchentlich kommt, dagewesen sei und sie die Gelegenheit genutzt habe, das Zimmer gründlich sauberzumachen. Da Sie ihr diesbezüglich keine Vorschriften gemacht hatten und sie das Zimmer weitervermieten will...«

Das war eine Panne. Maigret hätte daran denken müssen.

»Wo ist Moers?«

»Er ist noch oben und prüft nach, ob nicht doch ein Fingerabdruck der Zerstörung entgangen ist. Bis jetzt hat er noch nichts gefunden. Wenn da wirklich eine Putzfrau am Werk war, dann hat sie gute Arbeit geleistet. Soll ich zum Quai zurückkommen?«

»Nicht direkt. Versuche erst, den Namen und die Adresse der Putzfrau herauszufinden, und geh zu ihr. Sie soll dir berichten, wie das alles vor sich gegangen ist, welche Anweisungen sie bekommen hat und wer sich im Zimmer aufhielt, während sie dort arbeitete.«

»Gut.«

»Moers kann zurückkommen. Noch etwas, ein Mann von der Sitte müßte dort in der Gegend sein.«

»Ja, Dumoncel. Ich habe gerade mit ihm gesprochen.«

»Er soll bei seiner Abteilung Verstärkung anfordern. Sobald eine der Mieterinnen das Haus verläßt, muß jemand ihre Verfolgung aufnehmen.«

»Es sieht nicht so aus, als wollten sie ausgehen. Die eine spaziert nackt im Treppenhaus herum, die zweite liegt gerade in der Badewanne, und die dritte scheint schon seit mehreren Tagen nicht mehr nach Hause gekommen zu sein.«

Maigret begab sich in das Büro des Chefs, wie er das hin und wieder tat, ohne besonderen Grund, nur um über den gerade vorliegenden Fall ein paar Worte zu wechseln. Er liebte die Atmosphäre dieses Büros. Er stellte sich immer vor dasselbe Fenster, das den Blick auf den Pont Saint-Michel und die Quais freigibt.

»Müde?«

»Es ist wie ein Geduldspiel. Und da ich am liebsten überall zugleich sein möchte, drehe ich fortwährend Runden in meinem Büro. Heute morgen habe ich ein Verhör gehabt, das eines der …«

Er hielt inne, suchte nach dem richtigen Wort, fand es nicht. Er fühlte sich hundemüde, ausgepumpt und mutlos wie nach einer durchzechten Nacht.

»Dabei ist das Mädchen so jung, fast noch ein Kind.«

»Thourets Tochter?«

Das Telefon klingelte. Der Chef nahm den Hörer ab. »Ja, er ist hier.« Er wandte sich an Maigret: »Es ist für Sie. Neveu ist mit jemandem da, den er Ihnen schleunigst vorführen möchte.«

»Bis später.«

Ein aufgeregter Inspektor Neveu stand im Vorzimmer. Neben ihm saß auf einem der Stühle ein schwächliches, blasses Männlein von unbestimmbarem Alter. Maigret hatte das Gefühl, ihn schon einmal gesehen zu haben, ihm war sogar, als kenne er diesen Mann so gut wie seine Westentasche, doch er bemühte sich vergeblich, den richtigen Namen zu diesem Gesicht zu finden.

»Willst du mich erst unter vier Augen sprechen?« fragte er Neveu.

»Das ist nicht notwendig. Es wäre außerdem leichtsinnig, diesen alten Fuchs hier auch nur einen Augenblick alleine zu lassen.«

Erst jetzt bemerkte Maigret, daß der Mann Handschellen

trug. Er öffnete die Tür zu seinem Büro, der Festgenommene, der einen Fuß etwas nachzog, trat ein. Er roch nach Alkohol. Neveu schloß hinter ihm die Tür ab und befreite ihn von den Handschellen.

»Erkennen Sie ihn nicht, Chef?«

Maigret konnte sich immer noch nicht auf den Namen besinnen, doch plötzlich fiel ihm etwas ein. Der Mann hatte das Gesicht eines abgeschminkten Clowns: Wangen wie aus Gummi und einen großen Mund, der sich zu einem zugleich bitteren und schalkhaften Ausdruck verzog.

Wer hatte in diesem Fall von einem Clownskopf gesprochen? Mademoiselle Léone? Monsieur Saimbron, der alte Buchhalter? Einer jedenfalls, der Monsieur Louis mit einem Begleiter auf einer Bank am Boulevard Saint-Martin oder Boulevard Bonne-Nouvelle gesehen hatte.

»Setz dich!«

Als alter Gast des Hauses erwiderte der Mann:

»Danke, Chef.«

7

Der Regenmantelhändler

Jef Schramek alias Fred der Clown alias der Akrobat, geboren in Riquewihr, Oberrhein, vor dreiundsechzig Jahren.«

Ganz aufgeregt über seinen Erfolg, stellte Inspektor Neveu seinen Gefangenen wie bei einer Zirkusnummer vor.

»Erinnern Sie sich jetzt, Chef?«

Es lag mindestens fünfzehn Jahre zurück, wenn nicht sogar mehr, und es hatte sich nicht weit vom Boulevard Saint-Martin abgespielt, irgendwo zwischen der Rue de Richelieu und der Rue Drouot.

»Dreiundsechzig Jahre«, wiederholte Maigret und musterte den Mann, der den Blick mit einem geschmeichelten Lächeln erwiderte. Man sah sie ihm nicht an; vielleicht weil er so mager war? Er war wirklich alterslos. Vor allem in seinem Gesichtsausdruck ließ nichts auf einen älteren Menschen schließen. Seine Verhaftung mußte ihn entsetzt haben, trotzdem schien er sich über die anderen und sich selbst lustig zu machen. Zweifellos war es zu seinem Tick geworden, Grimassen zu schneiden und andere zum Lachen zu bringen.

Am erstaunlichsten war, daß er schon über fünfundvierzig Jahre alt war, als ihn jenes Ereignis an den Boulevards für einige Wochen berühmt gemacht hatte.

Maigret drückte auf einen Knopf und nahm den Hörer des Haustelefons ab. »Ich brauche die Akte Schramek. Jef Schramek, geboren in Riquewihr, Oberrhein.«

Er erinnerte sich nicht mehr, wie es begonnen hatte. Es war an einem Abend gegen acht Uhr gewesen. Auf den Boulevards wimmelte es von Menschen, die Café-Terrassen waren überfüllt. Es war ganz am Anfang des Frühlings, und es war schon dunkel.

Hatte jemand den schwankenden Schein einer Taschenlampe in den Büros eines der Häuser entdeckt? – Jedenfalls war die Polizei alarmiert worden. Und wie immer hatte sich eine Gruppe von Gaffern gebildet, von denen ein Großteil gar nicht wußte, was sich abspielte.

Niemand ahnte, daß sich das ganze Theater über fast zwei Stunden hinziehen würde. Dramatische und komische Momente wechselten einander ab, und am Ende mußte die Polizei den Schauplatz gegen die Menschenmenge absperren. Die Büroräume waren umstellt. Als einziger Ausweg blieb dem Einbrecher die Flucht durch eines der Fenster. Er kletterte an einem Abflußrohr die Fassade hoch.

Als er auf einem Fenstersims im nächsten Stockwerk Fuß faßte, erschien dort auch gleich ein Polizist, was den Einbrecher veranlaßte, seine Klettertour fortzusetzen, während unten auf der Straße die Frauen vor Schreck kreischten.

Es war eine der heißesten Verfolgungen in der Polizeigeschichte gewesen. Im Gebäudeinnern jagten die Polizisten von einem Stockwerk ins andere, rannten zu den Fenstern, immer höher, während draußen an der Hauswand ein Mann, als wär's ihm ein Vergnügen, eine regelrechte Zirkusnummer darbot.

Er war als erster oben auf dem Steildach, das die Polizeibeamten nur zögerlich betraten. Er dagegen sprang behend aufs Nachbardach, lief über die Häuser hinweg und verschwand schließlich in der Dachluke eines Eckgebäudes in der Rue Drouot.

Eine Viertelstunde war er nirgends zu sehen, bis er plötzlich auf einem anderen Dach wieder auftauchte. ›Dort ist er!‹ schrien die Leute und deuteten in seine Richtung. Niemand wußte, ob er bewaffnet war und was er überhaupt angestellt hatte. Schon hieß es, er hätte mehrere Menschen auf dem Gewissen. Und als dann auch noch die Feuerwehr mit ihren langen Leitern einrückte, war die Erregung der Menge auf ihrem Gipfel angelangt. Schließlich, es dauerte geraume Zeit, liefen die Kegel der Suchscheinwerfer über die Dächer.

Als der Mann endlich in der Rue de la Grange-Batelière gefaßt wurde, war er noch nicht einmal außer Atem und machte sich, stolz auf seine Leistung, über die Beamten lustig. In dem Augenblick, als sie ihn in einen Wagen verfrachten wollten, wand er sich wie ein Aal aus den Händen seiner Häscher und verschwand – Gott allein weiß, wie es ihm gelang – spurlos in der Menge.

Das war Schramek. Mehrere Tage lang hatten die Zeitungen nur von dem ›Akrobaten‹ berichtet, der später durch puren Zufall auf einer Rennbahn gefaßt wurde.

Seine Laufbahn hatte er in jungen Jahren in einem Zirkus begonnen, der im Elsaß und in Deutschland umherzog. Dann war er nach Paris gekommen und hatte, wenn er nicht gerade wegen Einbruchs im Gefängnis saß, auf Jahrmärkten gearbeitet.

»Ich hatte keine Ahnung, daß er seine alten Tage in meinem Viertel verbringt«, sagte Inspektor Neveu, worauf der andere mit ernster Miene erwiderte:

»Ich habe mich schon vor langer Zeit gebessert.«

»Man hatte mir einen großen, mageren, schon etwas älteren Mann beschrieben, der häufig mit Monsieur Louis zusammen auf den Bänken saß.«

Hatte nicht jemand zu Maigret gesagt: ›Einer der Typen, die man auf den Bänken sitzen sieht‹?

Fred der Clown gehörte zu jener Sorte Menschen, bei denen es einen nicht überrascht, wenn sie ihre Zeit damit verbringen, stundenlang untätig herumzusitzen, die Vorübergehenden zu beobachten oder Tauben zu füttern. Sein Gesicht war grau wie die Pflastersteine und hatte den Ausdruck von jemandem, der nichts mehr zu erwarten hat.

»Bevor Sie mit dem Verhör beginnen, will ich Ihnen sagen, wie ich ihn gefaßt habe. Ich war in einer Bar in der Rue Blondel, unweit der Porte Saint-Martin. Diese Bar heißt ›Chez Fernand‹ und ist gleichzeitig eine Zweigstelle des P.M.U., dem amtlichen Wettbüro. Fernand ist ein ehemaliger Jockey, ich kenne ihn gut. Ich habe ihm das Bild von Monsieur Louis gezeigt, und er betrachtete es, als ob er ihn kennen würde.

›Einer deiner Kunden?‹ habe ich gefragt.

›Er nicht, nein. Aber er ist zwei- oder dreimal mit einem meiner Stammkunden erschienen.‹

›Mit wem?‹

›Mit Fred dem Clown.‹

›Dem Akrobaten? Ich dachte, der wäre schon längst tot oder säße im Gefängnis!‹

›Dabei ist er quicklebendig und kommt jeden Nachmittag her, um seinen Schnaps zu trinken und um zu wetten. Allerdings habe ich ihn jetzt schon seit einigen Tagen nicht mehr gesehen.‹

›Wie lange nicht?‹ Fernand hat überlegt und ist in die Küche gegangen, um seine Frau zu fragen.

›Das letztemal war er am Montag hier.‹

›In Begleitung von Monsieur Louis?‹

Er konnte sich daran nicht erinnern, war aber ganz sicher, den ›Akrobaten‹ seit letzten Montag nicht mehr gesehen zu haben. Verstehen Sie? Ich brauchte Schramek also nur noch dingfest zu machen. Jetzt wußte ich, wo ich suchen mußte. Ich habe den Namen der Frau herausbekommen, mit der er seit mehreren Jahren zusammenlebt. Sie war früher Obst- und Gemüsehändlerin und heißt Françoise Bidou. Ihre Adresse habe ich allerdings erst vorhin herausgekriegt. Sie wohnt am Quai de Valmy, gegenüber dem Kanal. Dort habe ich unseren Mann gefunden, versteckt im Schlafzimmer, das er seit Montag nicht mehr verlassen hatte. Als allererstes habe ich ihm Handschellen angelegt, damit er mir nicht gleich wieder entschlüpft.«

»Ich bin nicht mehr so wendig wie früher«, scherzte Schramek.

Es klopfte an die Tür. Jemand legte eine dicke Akte mit gelbem Deckel auf Maigrets Schreibtisch. Es war Schrameks Geschichte, genauer gesagt, die Geschichte seiner Auseinandersetzungen mit der Justiz.

Gemächlich zog Maigret an seiner Pfeife und blätterte in dem dicken Band. Dies war ihm die liebste Zeit für Verhöre dieser Art. Zwischen zwölf und zwei Uhr mittags sind nämlich die meisten Büros leer. Kein ewiges Kommen und Gehen, kaum störende Telefonanrufe. Wie in der Nacht hat man das Gefühl, ganz alleine im Hause zu sein.

»Hast du keinen Hunger?« fragte der Kommissar Neveu.

Da dieser nicht recht wußte, was er darauf erwidern sollte, setzte Maigret hinzu:

»Du solltest einen Happen essen. Du wirst mich nachher vielleicht ablösen müssen.«

»Gut, Chef.«

Schweren Herzens verließ Neveu den Raum; der Verhaftete schaute ihm mit spöttischem Blick nach. Maigret stopfte sich eine neue Pfeife, legte seine mächtige Hand auf die Akte, blickte Fred dem Clown fest in die Augen und murmelte:

»Dann wollen wir beide uns mal unterhalten.«

Dieses Verhör war ihm lieber als das von Monique heute morgen. Bevor er damit begann, schloß er jedoch vorsichtshalber die Tür wieder ab und verriegelte sogar die Tür, die zum Büro der Inspektoren führte. Als er einen Blick auf das Fenster warf, sagte Jef leise, wobei er eine komische Grimasse zog:

»Keine Sorge, mit solchen Kletterpartien ist es bei mir vorbei.«

»Ich nehme an, du weißt, warum du hier bist?«

Er stellte sich dumm.

»Immer sind es dieselben, die geschnappt werden«, jammerte er. »Mir ist, als wäre die gute alte Zeit wieder da. Jahrelang ist mir das nicht passiert.«

»Dein Freund Louis ist ermordet worden. Spiel nicht den Ahnungslosen. Du weißt sehr gut, von wem ich spreche.

Und du weißt ebenso gut, daß aller Wahrscheinlichkeit nach du derjenige sein wirst, dem dieses Verbrechen zur Last gelegt wird.«

»Das wäre nur der nächste Justizirrtum.«

Maigret griff zum Telefon.

»Geben Sie mir die Bar ›Chez Fernand‹ in der Rue Blondel... Kommissar Maigret«, sagte er, als Fernand sich meldete. »Es handelt sich um einen Ihrer Kunden, Jef Schramek... der Akrobat, ja... Ich möchte wissen, ob er hoch gewettet hat... Wie bitte?... Ja, ich verstehe... Und in letzter Zeit?... Am Samstag?... Ich danke Ihnen... Nein, das genügt für den Augenblick...«

Er schien zufrieden. Jef dagegen wirkte ein wenig beunruhigt.

»Soll ich dir wiederholen, was ich gerade gehört habe?«

»Ach! Es wird so viel geredet!«

»Dein ganzes Leben lang hast du dein Geld verwettet.«

»Wenn die Regierung es verboten hätte, wäre mir das nicht passiert.«

»Seit mehreren Jahren kaufst du deine Wettscheine bei Fernand.«

»Es ist ein offizielles Büro des P.M.U.«

»Gleichwohl mußt du irgendwo das Geld auftreiben, das du auf die Pferde setzt. Bis vor ungefähr zweieinhalb Jahren hast du immer nur ganz kleine Summen gewettet, und manchmal konntest du nicht einmal deine Zeche bezahlen. Fernand gab dir dann Kredit.«

»Das hätte er besser nicht getan. Auf diese Weise mußte ich immer wieder kommen.«

»Dann hast du angefangen, höher zu spielen, manchmal

große Summen. Und ein paar Tage danach warst du wieder pleite.«

»Was beweist das?«

»Letzten Samstag hast du eine Riesensumme gesetzt.«

»Na und? Es gibt reiche Leute, die setzen bis zu einer Million auf ein Pferd.«

»Woher hattest du das Geld?«

»Ich habe eine Frau, die arbeitet.«

»Was?«

»Sie macht bei verschiedenen Leuten den Haushalt. Von Zeit zu Zeit hilft sie auch in einem Bistro am Quai aus.«

»Willst du mich auf den Arm nehmen?«

»Das würde ich nicht wagen, Monsieur Maigret.«

»Hör zu, wir wollen versuchen, es kurz zu machen.«

»Ach wissen Sie, das, was ich zu tun habe...«

»Ich will dich trotzdem über deine Lage ins Bild setzen. Du bist von mehreren Zeugen in Begleitung eines gewissen Monsieur Louis gesehen worden.«

»Ein grundanständiger Mensch.«

»Das tut nichts zur Sache. Außerdem begann das nicht erst gestern, sondern vor ungefähr zweieinhalb Jahren. Damals war Monsieur Louis ohne Arbeit und saß in der Klemme.«

»Ich weiß, wie das ist«, seufzte Jef. »Und in so einer Klemme kann man ganz schön lang sitzenbleiben.«

»Wovon du damals gelebt hast, ist mir nicht bekannt, aber ich will dir immerhin glauben, daß dich in jener Zeit deine Françoise durchbrachte. Du hast auf den Bänken herumgelungert, hast hin und wieder ein paar Francs auf ein Pferd riskiert und in den Bistros anschreiben lassen. Monsieur

Louis dagegen mußte sich bei mindestens zwei Personen Geld leihen.«

»Was beweist, daß es auch arme Leute auf dieser Welt gibt.«

Jef war so daran gewöhnt, die Leute zum Lachen zu bringen, daß er gar nicht mehr anders konnte, als dauernd den Komiker zu spielen. Maigret reagierte nicht darauf. Geduldig führte er seine Gedanken weiter aus.

»Ihr seid dann beide plötzlich wohlhabend geworden. Das werden unsere Ermittlungen belegen, einschließlich der genauen Daten.«

»Ich habe nie ein Gedächtnis für Daten gehabt.«

»Seitdem gab es Phasen, in denen du hoch gewettet hast, und andere, in denen du auf Kredit getrunken hast. Es ist also sonnenklar, daß ihr, Monsieur Louis und du, eine Geldquelle hattet, die allerdings nicht regelmäßig floß. Wir werden uns mit dieser Frage später beschäftigen.«

»Schade. Ich würde so gerne wissen, wo diese Quelle liegt.«

»Das Lachen wird dir schon noch vergehen. Am Samstag, ich wiederhole es, bist du geradezu im Geld geschwommen, und innerhalb von ein paar Stunden hast du dann alles verloren. Und am Montag ist dein Komplize, Monsieur Louis, in einer Sackgasse am Boulevard Saint-Martin ermordet worden.«

»Es ist ein großer Verlust für mich.«

»Bist du schon einmal vor einem Schwurgericht gestanden?«

»Nein. Nur vor dem Schöffengericht. Einige Male.«

»Dann paß mal auf: die Geschworenen haben wenig übrig für Scherze, besonders bei einem Mann, dessen Strafregister so lang ist wie deines. Höchstwahrscheinlich werden sie zu dem Schluß kommen, daß du der einzige bist, der Monsieur Louis' Lebensgewohnheiten gekannt und ein Interesse daran gehabt hat, ihn umzubringen.«

»Wenn sie so denken, sind sie Idioten.«

»Das ist alles, was ich dir sagen wollte. Es ist jetzt halb eins. Wir sind beide hier in meinem Büro. Um ein Uhr wird Untersuchungsrichter Coméliau in seinem Büro sein, und ich werde dich dann zum Verhör zu ihm schicken.«

»Ist das nicht so ein kleiner Dunkelhaariger, mit einem Bürstenschnurrbart?«

»Ja.«

»Wir sind uns früher schon einmal begegnet. Er ist ein gemeiner Typ. Allzu jung dürfte er auch nicht mehr sein, was?«

»Du kannst ihn gern nach seinem Alter fragen.«

»Und wenn ich keine Lust habe, ihn wiederzusehen?«

»Dann weißt du, was du zu tun hast.«

Jef der Clown stieß einen langen Seufzer aus.

»Hätten Sie eine Zigarette für mich?«

Maigret holte ein Päckchen aus der Schublade seines Schreibtisches und reichte es ihm.

»Haben Sie auch Streichhölzer?«

Er rauchte einen Augenblick stumm.

»Was zu trinken haben Sie wohl nicht hier?«

»Wirst du reden?«

»Ich weiß es noch nicht. Ich überlege mir gerade, ob ich überhaupt etwas zu sagen habe.«

Das konnte lange dauern. Maigret kannte diese Typen.

Auf gut Glück öffnete er die Tür ins Nachbarbüro und rief:

»Lucas, geh bitte gleich zum Quai de Valmy und bring mir eine gewisse Françoise Bidou hierher.«

Als der ›Clown‹ das hörte, rückte er unruhig auf seinem Stuhl hin und her und hob wie ein Schuljunge den Finger.

»Kommissar! Tun Sie das nicht!«

»Wirst du reden?«

»Ich glaube, mit einem Gläschen würde es mir leichter fallen.«

»Einen Augenblick, Lucas. Geh erst los, wenn ich es dir sage!« rief Maigret und wandte sich wieder an Jef:

»Hast du Angst vor deiner Frau?«

»Sie haben mir was zu trinken versprochen.«

Maigret schloß die Tür wieder, holte aus dem Wandschrank die stets griffbereite Flasche Cognac und füllte damit den Boden eines Wasserglases.

»Soll ich ganz alleine trinken?«

»Nun?«

»Stellen Sie die Fragen. Ich weise Sie ausdrücklich darauf hin, daß ich nicht versuchen werde, den Lauf der Gerechtigkeit zu behindern, wie sich die Anwälte ausdrücken.«

»Wo bist du Monsieur Louis zum ersten Mal begegnet?«

»Auf einer Bank am Boulevard Bonne-Nouvelle.«

»Wie habt ihr euch kennengelernt?«

»Wie das auf den Bänken so geht. Ich ließ eine Bemerkung über den Frühling fallen, und er antwortete, daß die Luft schon viel milder sei als die Woche vorher.«

»Das war vor etwa zweieinhalb Jahren?«

»So ungefähr. Ich habe kein Tagebuch darüber geführt.

In den folgenden Tagen haben wir uns auf der gleichen Bank wiedergetroffen. Er schien glücklich, einen Gesprächspartner zu haben.«

»Hat er dir erzählt, daß er ohne Arbeit war?«

»Er hat mir nach und nach seine ganze Lebensgeschichte erzählt. Fünfundzwanzig Jahre habe er für denselben Chef gearbeitet, ohne Ankündigung habe dieser seinen Laden dichtgemacht. Er hatte es nicht gewagt, seiner Frau etwas davon zu sagen. Unter uns: sie muß ein recht blödes Kamel sein. Er hat sie in dem Glauben gelassen, daß er immer noch Lagerverwalter sei. Es war wohl das erste Mal, daß er sich seinen Kummer vom Herzen reden konnte, und das hat ihn sehr erleichtert.«

»Wußte er, wer du bist?«

»Ich habe ihm lediglich gesagt, daß ich beim Zirkus war.«

»Und weiter?«

»Was wollen Sie eigentlich wissen?«

»Alles.«

»Es wäre mir lieb, wenn Sie erst einmal in meiner Akte nachsähen und meine Verurteilungen zusammenzählten. Mir liegt daran zu wissen, ob ich mit einem neuen Prozeß am Hals als Rückfälliger mit lebenslänglich zu rechnen habe. Das wäre mir nämlich gar nicht angenehm.«

Maigret kam dieser Bitte nach.

»Solange es nicht um Mord geht, kommst du noch zweimal darum herum.«

»Mir schien das auch so. Ich war mir nur nicht sicher, ob Ihre und meine Rechnungen übereinstimmen.«

»Einbruch?«

»Das trifft es nicht ganz. Es ist etwas komplizierter.«

»Wer hat die Idee dazu gehabt?«

»Er natürlich. Ich bin nicht schlau genug für so etwas. Meinen Sie nicht, daß ich Anspruch auf einen weiteren Schluck hätte?«

»Nachher.«

»Nachher wird's zu spät sein. Sie zwingen mich so nur, die ganze Geschichte hastig herunterzurasseln.«

Der Kommissar gab nach und schenkte noch einmal ein.

»Im Grunde ist das durch die Bank gekommen.«

»Was willst du damit sagen?«

»Wenn man stundenlang auf fast immer derselben Bank sitzt, beginnt man, die Dinge um sich herum zu beobachten. Ich weiß nicht, ob Sie das Geschäft für Regenmäntel am Boulevard kennen?«

»Ich kenne es.«

»Die Bank, auf der Louis immer saß, steht direkt gegenüber, so daß er, fast ohne es zu wollen, über das Kommen und Gehen in dem Laden, über die Gewohnheiten der Angestellten genau Bescheid wußte. Und das hat ihn auf eine Idee gebracht. Wenn man den ganzen Tag nichts zu tun hat, denkt man nach, schmiedet Pläne, auch solche, die man bestimmt niemals ausführen wird. Eines Tages hat er mir zum Zeitvertreib davon erzählt. Es ist immer viel Kundschaft in dem Laden. Jede Menge Regenmäntel in den verschiedensten Modellen sind dort zu finden, für Männer, für Frauen, und in den Ecken hängen die kleineren für die Kinder. Im ersten Stock ist noch mal ein Verkaufsraum. Links von dem Haus ist eine der für dieses Viertel so typischen Sackgassen, die auf einen Hof führt. Soll ich Ihnen eine Skizze machen?«

»Jetzt nicht, erzähl weiter.«

»Louis sagte also zu mir: ›Ich frage mich, warum noch nie jemand die Kasse gestohlen hat. Das ist doch so einfach!‹«

»Da hast du vermutlich die Ohren gespitzt.«

»Die Sache hat mich interessiert. Er hat mir erklärt, daß gegen zwölf Uhr, spätestens um Viertel nach, die letzten Kunden den Laden verlassen mußten. Die Angestellten gingen dann zum Essen, wie auch der alte Inhaber, ein kleines Männchen mit Spitzbart, der in einem Lokal ganz in der Nähe, in der ›Chope du Nègre‹, zu essen pflegte. ›Wenn sich jemand unter die Kundschaft mischen und sich einschließen lassen würde ...‹ Nein, schütteln Sie nicht den Kopf. Mir kam das auf den ersten Blick auch unmöglich vor. Aber Louis hatte das Geschäft schon seit Wochen genau beobachtet. Vor der Mittagspause machen die Angestellten sich nicht die Mühe, in allen Ecken und unter den Tausenden von Regenmänteln nachzuschauen, ob sich dort jemand versteckt hat. Da kommt doch keiner auf die Idee, daß ein Kunde absichtlich im Laden bleiben könnte, verstehen Sie?

Das ist der ganze Trick. Wenn der Chef geht, schließt er sorgfältig hinter sich ab.«

»Warst du es, der sich hat einschließen lassen? Und danach hast du die Tür aufgebrochen und bist mit der Kasse verschwunden?«

»Sie irren sich. Gerade da wird die Sache lustig. Selbst wenn ich ertappt worden wäre, hätte man mich nicht verurteilen können, da es nicht den geringsten Beweis gegen mich gab. Ich habe die Kasse geleert, stimmt. Danach bin ich zu den Toiletten gegangen. Neben dem Spülkasten befindet sich eine Luke, durch die sich nicht einmal ein dreijähriges Kind zwängen könnte, mit einem Päckchen Banknoten ist das jedoch was anderes. Die Luke geht auf den Hof. Wie zufällig ist Louis dort vorbeigekommen und hat sich des Päckchens angenommen. Ich habe gewartet, bis die Angestellten zurückkehrten und so viele Kunden im Laden waren, daß ich nicht mehr auffiel. Dann bin ich genauso ruhig, wie ich hereingekommen war, wieder hinausgegangen.«

»Habt ihr die Beute geteilt?«

»Wie zwei Brüder. Das Allerschwerste war, ihn zu überreden. Er hatte sich das Ganze nur so zum Spaß ausgedacht, in einer Art Künstlerlaune. Als ich ihm vorschlug, es auf einen Versuch ankommen zu lassen, wurde er fast böse. Was ihn schließlich doch dazu bewogen hat, war der Gedanke, seiner Frau gestehen zu müssen, daß er völlig blank war. Und sehen Sie, die ganze Sache hat noch einen Vorteil. Man wird mich zwar aufgrund meines Geständnisses wegen Diebstahls verurteilen, aber da kein Einbruch vorliegt, werde ich mindestens zwei Jahre weniger bekommen. Oder täusche ich mich da?«

»Wir werden das nachher im Strafgesetzbuch nachlesen.«

»Damit habe ich Ihnen alles gesagt. Louis und ich, wir haben ein ganz hübsches, behagliches Leben geführt, und ich bereue nichts. Das Regenmantelgeschäft hat uns für mehr als drei Monate recht nett versorgt. Offen gestanden hat es bei mir wegen der alten Gäule nicht so lange gereicht, aber Louis hat mir hin und wieder einen Schein zugesteckt. Als wir dann beide nichts mehr hatten, haben wir uns eine andere Bank ausgesucht.«

»Um den nächsten Coup vorzubereiten?«

»Die Methode war gut, warum sollten wir uns etwas anderes ausdenken? Da Sie nun Bescheid wissen, können Sie aus Ihren Akten all die Geschäfte heraussuchen, in denen ich mich habe einschließen lassen. Das zweite war ein Laden für Lampen und Elektrogeräte, am selben Boulevard, nur ein Stück weiter oben. Dort ist zwar keine Sackgasse, aber der Hinterraum des Ladens geht auf den Hof eines Hauses in einer anderen Straße, und das ist im Grund genau dasselbe. Die Toiletten der Häuser in jenem Viertel haben fast immer ein Fensterchen, das zum Hof oder auf eine Sackgasse hinausgeht. Ein einziges Mal hat mich eine Verkäuferin erwischt, als sie den Wandschrank, in dem ich mich versteckt hatte, öffnete. Ich habe den Betrunkenen gespielt. Sie hat den Inhaber gerufen, und man hat mich unter der Drohung, die Polizei zu holen, vor die Tür gesetzt.

Wollen Sie mir jetzt bitte erklären, warum ich Louis hätte umbringen sollen? Wir waren Kumpel, ich habe ihn sogar Françoise vorgestellt, die mißtrauisch wurde, wo ich meine Zeit verbrachte. Er hat ihr Schokolade mitgebracht, und sie fand ihn sehr vornehm.«

»Habt ihr letzte Woche auch ein Ding gedreht?«

»Es stand in den Zeitungen. Ein Konfektionsgeschäft am Boulevard Montmartre.«

»Ich nehme an, daß Louis, als er in der Sackgasse getötet wurde, sich vergewissern wollte, ob der Juwelierladen auch so eine Öffnung auf den Hof hatte?«

»Wahrscheinlich. Er war derjenige, der die Läden ausgekundschaftet hat, denn er machte eine bessere Figur als ich. Gegen Typen wie mich schöpfen die Leute viel eher Verdacht und gucken mich schief an. Da kann ich mich noch so in Schale werfen.«

»Wer hat ihn umgebracht?«

»Das fragen Sie mich?«

»Wer hatte ein Motiv, ihn zu ermorden?«

»Ich weiß es nicht. Vielleicht seine Frau?«

»Warum sollte seine Frau ihn getötet haben?«

»Weil sie ein altes Luder ist. Wenn die herausgekriegt hat, daß er sie seit mehr als zwei Jahren an der Nase herumgeführt und daß er eine Freundin hatte...«

»Kennst du seine Freundin?«

»Er hat sie mir nicht vorgestellt, aber er hat von ihr erzählt; einmal habe ich sie von weitem gesehen. Er mochte sie sehr. Er war ein Mann, der Zuneigung brauchte, da sind wir doch alle gleich, nicht wahr? Ich habe meine Françoise, und Sie haben sicher auch jemanden. Er verstand sich sehr gut mit ihr. Sie gingen zusammen ins Kino oder saßen in einem kleinen Café.«

»War sie im Bilde?«

»Bestimmt nicht.«

»Wer wußte Bescheid?«

»Zuerst mal ich.«

»Natürlich!«

»Vielleicht auch seine Tochter. Er machte sich ihretwegen große Sorgen, fürchtete, daß sie später genauso wie ihre Mutter werden würde. Sie wollte andauernd Geld von ihm.«

»Warst du mal in der Rue d'Angoulême?«

»Nein, nie.«

»Aber du kennst das Haus?«

»Er hat es mir gezeigt.«

»Warum warst du nie dort?«

»Weil ich ihn nicht blamieren wollte. Die Wirtin hielt ihn für einen seriösen Mann. Wenn sie mich gesehen hätte ...«

»Und wenn ich dir sage, daß deine Fingerabdrücke in seinem Zimmer gefunden wurden?«

»Dann würde ich antworten: Diese Fingerabdrücke können Sie sich an den Hut stecken.«

Nicht die geringste Besorgnis war ihm anzumerken. Er spielte seine Rolle weiter und blinzelte nur ab und zu mal nach der Flasche.

»Wer wußte noch davon?«

»Hören Sie, Herr Kommissar, ich bin nun mal so, wie ich bin, aber ich habe in meinem ganzen Leben noch keinen verpfiffen.«

»Willst du lieber auf der Anklagebank sitzen?«

»Das wäre eine Ungerechtigkeit.«

»Also, wer noch?«

»Der Liebhaber des Fräuleins. Was den betrifft, so möchte ich meine Hand nicht dafür ins Feuer legen, daß er unschuldig ist. Ich weiß nicht, ob er es im Auftrag seiner Freundin getan hat, jedenfalls ist er Louis ganze Nachmittage gefolgt. Zweimal war er bei ihm und hat Geld verlangt. Louis hatte eine Heidenangst, daß der Kerl seiner Frau etwas sagen oder ihr einen anonymen Brief schicken könnte.«

»Kennst du ihn?«

»Nein. Ich weiß nur, daß er noch ziemlich jung ist und daß er vormittags in einer Buchhandlung arbeitet. In letzter Zeit war Louis immer auf eine Katastrophe gefaßt. Er behauptete, es könne nicht mehr lange so weitergehen, seine Frau würde letzten Endes doch die Wahrheit erfahren.«

»Hat er dir von seinen Schwägern erzählt?«

»Sehr viel. Man hat sie ihm immer als Vorbilder hingestellt, um ihm vorzuführen, was für ein Nichtsnutz und Versager er war, eine feige Memme, ein Minderbemittelter, der besser keine Familie gegründet hätte, weil er ihr doch nicht das geringste bieten konnte. Es hat mich schwer getroffen.«

»Was?«

»Die Nachricht von seiner Ermordung. Vor allem, weil ich zu der Zeit ganz in der Nähe war. Fernand wird Ihnen bestätigen können, daß ich gerade ein Gläschen bei ihm an der Theke getrunken habe.«

»Hatte Louis Geld bei sich?«

»Das weiß ich nicht. Jedenfalls hatten wir zwei Tage zuvor ein ganz hübsches Sümmchen erwischt.«

»Trug er es gewöhnlich bei sich?«

»Entweder das, oder er bewahrte es in seinem Zimmer auf. Das Ulkige ist, daß er jeden Abend, bevor er seinen Zug nahm, Schuhe und Krawatte wechseln mußte. Einmal hatte er seine Krawatte vergessen, wie er mir selber erzählte. Erst an der Gare de Lyon hat er es gemerkt. Er konnte sich ja nicht irgendeine andere kaufen, sondern mußte mit der, die er morgens getragen hatte, auch wieder nach Hause kommen. Es blieb ihm nichts anderes übrig, als in die Rue d'Angoulême zurückzugehen. Daheim hat er dann erzählt, er sei durch eine dringende Arbeit im Geschäft aufgehalten worden.«

»Warum hast du dich seit Dienstag in Françoises Zimmer versteckt gehalten?«

»Was hätten Sie an meiner Stelle getan? Nachdem ich am

Dienstag morgen die Zeitung gelesen hatte, mußte ich befürchten, daß man mich mit Louis zusammen gesehen hatte und dies sofort der Polizei melden würde. Und Leute wie ich sind ja immer verdächtig.«

»Hast du in Erwägung gezogen, Paris zu verlassen?«

»Ich habe mich hübsch ruhig verhalten und darauf gehofft, daß niemand an mich denkt. Heute morgen, als ich die Stimme Ihres Inspektors vernahm, wußte ich, daß ich dran war.«

»Ist Françoise im Bilde?«

»Nein.«

»Woher, glaubt sie, kommt das Geld?«

»Erstens kriegt sie nur einen kleinen Teil davon zu sehen, wenn mir nach dem Rennen überhaupt etwas bleibt. Und zweitens glaubt sie, daß ich immer noch in der Metro Brieftaschen klaue.«

»Hast du das vorher gemacht?«

»Muß ich Ihnen darauf unbedingt antworten? Haben Sie eigentlich keinen Durst?«

Maigret goß ihm einen letzten Schluck Cognac ein.

»Ist das alles, was du mir zu sagen hast? Bist du ganz sicher?«

»So sicher, wie ich hier vor Ihnen sitze.«

Maigret öffnete die Tür zum Nachbarbüro und sagte zu Lucas:

»Führ ihn ab.«

Und mit einem Blick auf Jef Schramek, der sich seufzend erhob, fügte er hinzu:

»Leg ihm aber für alle Fälle Handschellen an.«

Als der ›Akrobat‹ sich daraufhin mit einem seltsamen

Lächeln auf seinem Gummigesicht umdrehte, sagte Maigret noch:

»Sie sollen ihn nicht allzu hart anfassen.«

»Danke, Herr Kommissar. Und bitte sagen Sie Françoise nichts davon, daß ich so viel Geld verwettet habe. Sie würde es fertigbringen, mir nichts ins Gefängnis zu schicken.«

Maigret zog seinen Mantel an und nahm seinen Hut, um in der Brasserie Dauphine einen Happen essen zu gehen. Als er die große düstere Treppe hinunterstieg, hörte er unter sich laute Stimmen und beugte sich über das Geländer.

Ein junger Mann mit zerzaustem Haar versuchte, sich mit aller Gewalt aus den Händen eines wahren Hünen von Polizisten zu befreien, der eine blutende Kratzwunde auf der Wange hatte und brüllte: »Willst du wohl stillhalten, du Zwerg! Wenn du nicht aufhörst, knall ich dir eine!«

Der Kommissar unterdrückte ein Lachen. Es war Albert Jorisse, der ihm da angebracht wurde.

»Lassen Sie mich los! Ich gehe schon von alleine mit!« schrie er wild um sich schlagend.

Kurz darauf standen beide vor Maigret. Der Polizist berichtete:

»Ich habe ihn eben auf dem Pont Saint-Michel gefaßt. Ich habe ihn sofort erkannt. Als ich ihn festnehmen wollte, versuchte er zu fliehen.«

»Das ist nicht wahr! Er lügt!«

Der junge Mann keuchte. Sein Gesicht war dunkelrot, seine Augen glänzten. Der Polizist hatte ihn am Mantelkragen gepackt und hielt ihn wie eine Marionette hoch.

»Sagen Sie ihm, er soll mich loslassen!«

Er wollte dem Polizisten einen Fußtritt versetzen, traf aber ins Leere.

»Ich habe Ihnen doch gesagt, daß ich den Kommissar Maigret sprechen will! Deshalb bin ich gekommen! Freiwillig gekommen!«

Seine Kleider waren zerknittert, an seiner Hose sah man noch Schmutzspritzer vom Tag vorher. Er hatte große dunkle Ringe unter den Augen.

»Ich bin Kommissar Maigret.«

»Dann befehlen Sie ihm, mich loszulassen.«

»Na gut, laß ihn los.«

»Wie Sie wollen, aber...«

Der Polizist sah den jungen Mann bereits wie einen Aal seinen Händen entschlüpfen.

»Er hat mich mißhandelt! Er ist mit mir umgegangen wie mit einem... mit einem...«

Vor lauter Wut fehlten ihm die Worte. Der Kommissar mußte lächeln und zeigte auf die blutende Wange des Polizisten.

»Mir scheint im Gegenteil, daß du ihn...«

Jorisse blickte den Polizisten an und schrie, als er den Kratzer sah:

»Das geschieht ihm recht!«

8

Moniques Geheimnis

Setz dich, du kleiner Gauner.«

»Ich bin kein Gauner«, widersprach Jorisse und fügte etwas ruhiger, wenn auch immer noch ein bißchen außer Atem, hinzu: »Ich hätte nicht gedacht, daß der Kommissar Maigret Leute beleidigt, bevor er ihnen Gelegenheit gibt, alles zu erklären.«

Maigret schaute ihn überrascht an und runzelte die Stirn.

»Hast du schon zu Mittag gegessen?«

»Ich habe keinen Hunger«, kam es trotzig zurück.

»Hallo!« rief Maigret ins Telefon, »geben Sie mir die Brasserie Dauphine... Hallo! Joseph?... Hier spricht Maigret. Bring mir doch bitte ein paar belegte Brote. Sechs... Für mich Schinken... Warte... Schinken oder Käse?« fragte er Jorisse.

»Das ist mir gleich. Schinken.«

»Bier oder Rotwein?«

»Meinetwegen Wasser. Ich habe Durst.«

»Joseph? Also sechs Schinkenbrote, aber schön dick belegt! Und vier Flaschen Bier... Halt, noch was. Bring auch gleich zwei Tassen Kaffee mit, wenn du das alles tragen kannst... Wird's lange dauern?«

Er legte den Hörer kurz auf die Gabel und verlangte dann eine andere Abteilung des Hauses, ohne dabei den jungen

Mann aus den Augen zu lassen. Er musterte ihn neugierig. Jorisse war mager, sah schlecht aus und zeigte eine fast krankhafte Nervosität, als hätte er in der letzten Zeit allzuviel schwarzen Kaffee und kaum ein Stück Fleisch zu sich genommen. Im übrigen war er kein häßlicher Junge. Er hatte eine dichte braune Mähne, die er bisweilen mit einer heftigen Kopfbewegung in den Nacken warf.

Anscheinend war er noch immer ziemlich erregt, denn in einem fort zog er die Nase kraus. Er hielt den Kopf gesenkt und hielt einen vorwurfsvollen Blick auf den Kommissar geheftet.

»Hallo! Nach dem Mann namens Jorisse braucht nicht mehr gefahndet zu werden. Benachrichtigen Sie die Reviere und die Bahnhöfe.«

Jorisse öffnete den Mund, doch Maigret ließ ihn nicht zu Wort kommen. »Später!«

Der Himmel war wieder grau und trübe. Gleich würde der Regen einsetzen, wahrscheinlich so ein unangenehmer Nieselregen wie am Tag der Beerdigung. Maigret schloß das halbgeöffnete Fenster und legte dann, immer noch ohne ein Wort zu sagen, seine Pfeifen auf dem Schreibtisch zurecht, so ähnlich, wie sich eine Stenotypistin auf ihre Arbeit vorbereitet und ihre Schreibmaschine richtet, ihren Block und das Kohlepapier zurechtlegt.

»Herein!« rief er, als es an der Tür klopfte.

Inspektor Neveu, der Maigret mitten im Verhör glaubte, steckte nur den Kopf herein.

»Verzeihung, ich wollte nur wissen, ob...«

»Ich brauche dich nicht mehr, danke.«

Der Kommissar ging in seinem Büro auf und ab, während er auf den Kellner aus der Brasserie Dauphine wartete. Um die Zeit etwas abzukürzen, führte er erneut ein Telefongespräch, diesmal mit seiner Frau.

»Ich komme nicht zum Essen.«

»Das habe ich mir fast schon gedacht. Weißt du, wie spät es ist?«

»Nein. Ist ja wohl unwichtig.«

Sie lachte laut auf; er verstand nicht, warum.

»Ich bin gekommen, um Ihnen zu sagen...«

»Später.«

Es war sein drittes Verhör heute. Er hatte Durst. Irgendwann war er dem Blick des jungen Mannes gefolgt, der bei der Cognacflasche und dem Wasserglas auf dem Schreibtisch hängengeblieben war. Maigret errötete wie ein ertapptes Kind und war nahe daran, Jorisse zu erklären, daß nicht er den Cognac aus dem großen Wasserglas getrunken hatte, sondern Jef Schramek, der vor Albert in diesem Büro verhört worden war. Hatte er sich von dem Vorwurf des jungen Burschen getroffen gefühlt? Tat es ihm leid, die gute Meinung, die dieser vom Kommissar Maigret gehabt hatte, getrübt zu haben?

Es klopfte wieder.

»Komm rein, Joseph. Stell das Tablett auf dem Schreibtisch ab. Hast du nichts vergessen?«

Nachdem der Kellner wieder verschwunden war, sagte Maigret zu Jorisse:

»Dann wollen wir mal essen.«

Obwohl er angeblich nicht hungrig war, aß der junge Mann mit bestem Appetit. Während des Essens warf er wiederholt kurze, neugierige Blicke auf den Kommissar, und nach einem Glas Bier schien er sein inneres Gleichgewicht einigermaßen wiedergefunden zu haben.

»Geht's jetzt besser?«

»Danke. Trotzdem, Sie haben mich einen Gauner genannt.«

»Darüber werden wir uns nachher unterhalten.«

»Ich wollte wirklich zu Ihnen kommen.«

»Warum?«

»Weil ich es satt hatte, mich zu verstecken.«

»Warum hast du dich versteckt?«

»Um nicht festgenommen zu werden.«

»Und warum hätte man dich festnehmen sollen?«

»Das wissen Sie doch ganz genau.«

»Nein.«

»Weil ich Moniques Freund bin.«

»Wieso warst du dir so sicher, daß wir das wußten?«

»Das lag auf der Hand.«

»Und weil du Moniques Freund bist, sollten wir dich verhaften?«

»Sie wollen mich nur zum Reden bringen.«

»Na so was!«

»Sie warten doch bloß darauf, daß ich lüge, und wollen mich dann in Widersprüche verwickeln.«

»Das hast du wohl in Kriminalromanen gelesen?«

»Nein. In den Zeitungsberichten. Ich weiß, wie Sie das machen.«

»Wenn das so ist, warum bist du dann eigentlich gekommen?«

»Um Ihnen zu sagen, daß ich Monsieur Thouret nicht umgebracht habe.«

Maigret hatte sich eine Pfeife angezündet und trank langsam sein zweites Bier aus. Er hatte sich hinter seinen Schreibtisch gesetzt und die Lampe mit dem grünen Schirm angeknipst. Die ersten Regentropfen prasselten auf das Fenstersims.

»Bist du dir darüber im klaren, was das alles heißt?«

»Ich verstehe nicht, was Sie damit sagen wollen.«

»Du hast angenommen, daß wir dich verhaften wollen. Also mußten wir doch wohl Gründe dafür haben?«

»Waren Sie nicht in der Rue d'Angoulême?«

»Woher weißt du das?«

»Sie mußten doch herausfinden, daß er ein Zimmer in der Stadt hatte. Schon allein wegen der gelben Schuhe.«

Ein amüsiertes Lächeln huschte über Maigrets Gesicht.

»Nun, und?«

»Die Frau hat Ihnen bestimmt erzählt, daß ich ab und zu bei ihm war.«

»Ist das ein Grund, dich zu verhaften?«

»Sie haben Monique verhört.«

»Und du glaubst, sie hat aus dem Nähkästchen geplaudert?«

»Es würde mich überraschen, wenn Sie sie nicht soweit gebracht hätten.«

»Dann sag mir, warum du dich gleich unter dem Bett eines deiner Freunde verkrochen hast.«

»Das wissen Sie auch?«

»Antworte!«

»Ich habe mir nicht viel dabei gedacht. Ich war in Panik und hatte Angst davor, geschlagen zu werden und womöglich Dinge zu gestehen, die ich gar nicht getan habe.«

»Hast du das auch in den Zeitungen gelesen?«

Hatte nicht Lecœurs Anwalt vor dem Schwurgericht von der Brutalität der Polizei gesprochen? Und hatten nicht alle Zeitungen seine Worte getreulich wiedergegeben? Dabei war heute morgen mit der Post ein Brief von Lecœur gekommen. Seit der Verkündung seines Todesurteils war er völlig niedergeschlagen und flehte jetzt den Kommissar an, ihn im Gefängnis zu besuchen.

Maigret war nahe daran, dem jungen Burschen diesen Brief zu zeigen, und verschob das aber, falls erforderlich, auf später.

»Warum bist du aus deinem Versteck in der Rue Gay Lussac herausgekommen?«

»Weil ich es nicht mehr aushielt, den ganzen Tag unter einem Bett zu liegen. Es war furchtbar. Alle Knochen taten mir weh, und ich hatte dauernd Angst, niesen zu müssen. Die Wohnung war klein, alle Türen standen offen, ich hörte die Tante meines Freundes umhergehen. Eine einzige Bewegung, und sie hätte mich bestimmt entdeckt.«

»Weiter hattest du keinen Grund?«

»Ich hatte Hunger.«

»Was hast du dann gemacht?«

»Ich habe mich auf der Straße herumgetrieben. Nachts habe ich ein oder zwei Stunden geschlafen, auf einem Gemüsesack in den Markthallen. Zweimal bin ich bis zum Pont Saint-Michel gegangen. Ich habe Monique hier herauskommen sehen. Ich ging in die Rue d'Angoulême, wo ich schon von weitem einen Mann bemerkte, der aussah, als hielte er Wache. Ich nahm an, daß er von der Polizei war.«

»Warum hättest du Monsieur Louis ermorden sollen?«

»Wissen Sie nicht, daß ich mir Geld von ihm geliehen habe?«

»Geliehen?«

»Ich habe ihn um das Geld gebeten, wenn Ihnen dieser Ausdruck besser gefällt.«

»Gebeten?«

»Was wollen Sie damit sagen?«

»Daß es verschiedene Arten des Bittens gibt. Unter anderem gewisse Methoden, die demjenigen, der zahlen soll, kaum die Möglichkeit offenlassen, die Bitte abzuschlagen. Auf deutsch nennt man das Erpressung.«

Albert Jorisse schwieg und starrte auf den Fußboden.

»Antworte!«

»Ich hätte Madame Thouret trotzdem nichts gesagt.«

»Und doch hast du ihm damit gedroht.«

»Das war gar nicht nötig.«

»Weil er damit rechnete, daß du den Mund nicht halten würdest?«

»Ich weiß es nicht. Sie bringen mich durcheinander mit Ihren Fragen.«

Und matt setzte er hinzu: »Ich bin todmüde.«

»Trink deinen Kaffee.«

Er tat es gehorsam, ohne den Blick von Maigret zu wenden.

»Bist du öfter bei ihm gewesen?«

»Nur zweimal.«

»Wußte Monique davon?«

»Was hat sie Ihnen gesagt?«

»Es kommt nicht darauf an, was sie gesagt hat. Ich will die Wahrheit wissen.«

»Sie wußte es.«

»Was hast du erzählt?«

»Wem?«

»Louis Thouret, natürlich.«

»Daß wir Geld brauchten.«

»Wer wir?«

»Monique und ich.«

»Wofür?«

»Um nach Südamerika fahren zu können.«

»Hast du ihm gestanden, daß ihr fortgehen wolltet?«

»Ja.«

»Wie hat er es aufgenommen?«

»Er hat schließlich zugegeben, daß es das beste sei.«

Irgendwie kam die Sache nicht recht voran. Jorisse schien Maigrets Kenntnisstand deutlich zu überschätzen. Der Kommissar mußte behutsam vorgehen.

»Hast du ihm gesagt, daß du sie heiraten willst?«

»Ja. Er wußte natürlich, daß das nicht in Frage kam. Einmal bin ich nicht volljährig und brauche deshalb die Einwilligung meiner Eltern. Zum anderen hätte Madame Thouret, selbst wenn meine Eltern zugestimmt hätten, sich niemals mit einem Schwiegersohn abgefunden, der kein eigenes Auskommen hat. Monsieur Thouret war der erste, der mir dringend davon abgeraten hat, zu seiner Frau zu gehen.«

»Hast du ihm gestanden, daß ihr beide gewisse Hotels, ich weiß nicht, wie viele, aufgesucht habt, um miteinander zu schlafen?«

»Einzelheiten habe ich ihm nicht genannt.«

Errötend fügte er hinzu:

»Ich habe ihn lediglich darüber informiert, daß sie schwanger ist.«

Maigret ließ keinerlei Zeichen der Überraschung erkennen. Dennoch hatte ihm diese Mitteilung einen Schlag versetzt. Er war wohl ein schlechter Psychologe gewesen, denn bei all seinen Überlegungen hatte er daran nicht eine Sekunde gedacht.

»Im wievielten Monat?«

»Etwas über dem zweiten.«

»Wart ihr beim Arzt?«

»Ich bin nicht mitgegangen.«

»Aber sie war da?«

»Ja.«

»Hast du vor der Tür auf sie gewartet?«

»Nein.«

Maigret lehnte sich ein wenig in seinem Sessel zurück und stopfte sich gedankenverloren eine neue Pfeife.

»Was wolltest du in Südamerika machen?«

»Irgend etwas. Ich bin kein ängstlicher Typ. Ich hätte als Cowboy arbeiten können.«

Sein Gesicht war todernst, ein Anflug von Stolz lag in seinen Worten. Der Kommissar sah plötzlich wieder die Burschen von einem Meter neunzig vor sich, die ihm auf den Farmen in Texas und Arizona begegnet waren.

»Cow-boy!« wiederholte er.

»Oder ich hätte in einer Goldmine gearbeitet.«

»Natürlich.«

»Ich wäre schon durchgekommen!«

»Und du hättest Monique geheiratet?«

»Ja. Da drüben ist es bestimmt einfacher als hier.«

»Liebst du Monique?«

»Sie ist doch meine Frau. Daß wir noch nicht auf dem Standesamt waren, ändert daran nichts.«

»Wie hat Monsieur Louis darauf reagiert?«

»Er hätte das nie von seiner Tochter gedacht. Er hat geweint.«

»Vor dir?«

»Ja. Ich habe ihm geschworen, daß meine Absichten ...«

»... nur die besten waren, natürlich. Und dann?«

»Er hat versprochen, uns zu helfen. Da er im Augenblick etwas knapp bei Kasse war, konnte er mir nur einen kleinen Betrag geben.«

»Wo ist das Geld?«

»Monique hat es. Sie versteckt es in ihrem Schreibtisch.«

»Und der Rest der benötigten Summe?«

»Er hatte ihn mir für Dienstag versprochen. Er erwartete eine größere Zahlung.«

»Von wem?«

»Ich weiß es nicht.«

»Hat er dir gesagt, was er tat?«

»Das konnte er natürlich nicht.«

»Weshalb?«

»Weil er nicht arbeitete. Ich bin nicht dahintergekommen, wie er sich das Geld verschaffte. Sie waren zu zweit.«

»Hast du den anderen gesehen?«

»Ja, einmal auf dem Boulevard.«

»Ein langer Dürrer mit einem Clownsgesicht?«

»Ja.«

»Er war kurz vor dir hier in meinem Büro. Übrigens war er es, der den Cognac getrunken hat.«

»Dann wissen Sie ja alles.«

»Ich möchte aber von dir wissen, was du weißt.«

»Nichts. Ich habe vermutet, daß sie jemanden erpreßten.«

»Und da hast du dir gesagt, daß es keinen Grund gibt, nicht auch davon zu profitieren?«

»Wir brauchten Geld wegen des Kindes.«

Maigret griff zum Telefon.

»Lucas, kannst du einen Moment hereinkommen?... Das ist Albert Jorisse. Monique Thouret erwartet ein Kind von ihm.«

Er sagte es in einem todernsten Ton, und Lucas, der nicht wußte, was davon zu halten war, nickte Albert zu.

»Das Mädchen ist vielleicht noch in ihrem Büro, denn sie war ja den ganzen Vormittag nicht dort. Geh bitte zu ihr und bring sie zu einem Arzt ihrer Wahl. Wenn sie keinen bestimmten vorschlägt, geht ihr eben zum Polizeiarzt. Ich möchte wissen, im wievielten Monat sie ist.«

»Und wenn sie sich weigert, sich untersuchen zu lassen?«

»Dann sag ihr, daß ich in diesem Fall gezwungen wäre, sie ebenso wie ihren Freund zu verhaften, der sich hier in meinem Büro befindet. Nimm den Wagen und ruf mich an, sobald das Ergebnis da ist.«

Als beide wieder allein waren, fragte Jorisse:

»Warum tun Sie das?«

»Weil es meine Pflicht ist, alles nachzuprüfen.«

»Glauben Sie mir nicht?«

»Dir schon.«

»Aber ihr glauben Sie nicht?«

Das Telefon läutete gerade zur rechten Zeit, so daß Maigret um die Antwort herumkam. Der Anruf hatte nichts mit dem Fall zu tun. Ein paar Tage zuvor war ein Verrückter bei Maigret aufgetaucht, der jetzt auf der Straße Aufsehen erregt hatte und festgenommen worden war. Maigret sollte zu dem Mann Stellung nehmen. Statt einer kurzen Antwort, die er hätte geben können, zog er das Gespräch so lange wie möglich hinaus. Nachdem er schließlich den Hörer aufgelegt hatte, fragte er, als hätte er vergessen, wo sie stehengeblieben waren:

»Was wirst du jetzt tun?«

»Sind Sie nun davon überzeugt, daß ich kein Mörder bin?«

»Ich war von Anfang an davon überzeugt. Siehst du, es ist nicht so leicht, wie die Leute sich das denken, jemandem ein Messer in den Rücken zu stoßen. Noch schwieriger ist es, ihn umzubringen, ohne daß er noch um Hilfe rufen kann.«

»Ich bin dazu nicht fähig?«

»Bestimmt nicht.«

Er war fast beleidigt. Freilich, wo er doch schon von einem Cowboy- oder Goldsucherleben in Südamerika geträumt hatte!

»Wirst du zu Madame Thouret gehen?«

»Das wird sich wohl nicht vermeiden lassen.«

Maigret hätte beinahe laut aufgelacht, als er sich ausmalte, wie der Bursche mit zusammengekniffenem Hintern das Haus in Juvisy betrat und Moniques Mutter sein Sprüchlein heruntersagte.

»Und du glaubst, daß sie dich jetzt als ihren Schwiegersohn akzeptieren wird?«

»Ich weiß es nicht.«

»Gib zu, daß du ein bißchen geschwindelt hast.«

»Was wollen Sie damit sagen?«

»Daß du Monsieur Louis nicht nur um das Geld für die Reise nach Amerika gebeten hast. Da Monique nachmittags nicht im Büro arbeitet, sondern in der Stadt Gelder kassiert, hast du dich sicher ein bißchen mit ihr herumgetrieben. Eine oder zwei Stunden fielen dabei immer für euch ab, und dann habt ihr euch in eines dieser Hotels verdrückt.«

»Ja, das ist vorgekommen.«

»Und darum konntest du nur noch vormittags in der Buchhandlung arbeiten. Aber so ein Hotelzimmer kostet Geld!«

»Wir haben dafür nur einen kleinen Teil ausgegeben.«

»Weißt du, wo Monsieur Louis sein Geld aufbewahrte?«

Aufmerksam beobachtete er den jungen Mann, der jedoch ohne Zögern antwortete:

»Auf dem Spiegelschrank.«

»Von dort hat er das Geld genommen, das er dir gegeben hat?«

»Ja. Aber ich wußte schon vorher, daß es dort lag. Monique hat es mir gesagt.«

»Am Montag bist du wohl nicht in der Rue d'Angoulême gewesen?«

»Sie können das leicht nachprüfen. Die Wirtin wird es Ihnen bestätigen. Ich sollte am Dienstag um fünf Uhr dorthin kommen.«

»Wann hättet ihr euch eingeschifft?«

»In drei Wochen geht ein Schiff. Die Zeit sollte reichen, um unsere Visa zu besorgen. Meinen Paß habe ich schon beantragt.«

»Aber Minderjährige brauchen meines Wissens auch dazu die Genehmigung ihrer Eltern?«

»Ich habe die Unterschrift meines Vaters nachgemacht.«

Sie schwiegen eine Weile. Dann, zum erstenmal, fragte Jorisse: »Darf ich rauchen?«

Maigret nickte. Jetzt, nach der Tasse Kaffee, hatte er seltsamerweise Lust auf einen Cognac. Doch er traute sich nicht, die Flasche, die er wieder eingeschlossen hatte, aus dem Schrank zu holen.

»Sie haben mich einen Gauner genannt.«

»Na, und wie siehst du das?«

»Ich konnte nicht anders handeln!«

»Wolltest du, daß dein Sohn sich so verhält?«

»Ich werde meinen Sohn anders erziehen. Er wird nicht…«

Sie wurden erneut durch das Telefon unterbrochen.

»Sind Sie's, Chef?«

Maigret runzelte die Stirn, als er Neveus Stimme vernahm, dem er keinerlei Auftrag gegeben hatte.

»Ich habe das Geld gefunden!«

»Was erzählst du da?«

Er blickte auf Jorisse und unterbrach den Inspektor. »Einen Augenblick, ich gehe an einen anderen Apparat.«

Er ging ins Nachbarbüro und schickte für alle Fälle einen der Inspektoren in sein Zimmer, um Jorisse zu bewachen.

»Gut, ich höre. Wo bist du?«

»In einem Bistro am Quai de Valmy.«

»Was treibst du dort?«

»Sind Sie verärgert?«

»Nun rede schon.«

»Ich dachte, ich würde es richtig machen. Seit zehn Jahren lebt Jef jetzt mit seiner Françoise zusammen. Nach dem, was man mir berichtet hat, hängt er mehr an ihr, als er zugeben möchte. Und da habe ich Lust bekommen, mal bei ihr vorbeizuschauen.«

»Warum?«

»Es hätte mich gewundert, wenn er ihr kein Geld dagelassen hätte. Zum Glück traf ich sie in ihrer Wohnung an. Es sind nur zwei Zimmer mit einer Art Kochnische. Im Schlafzimmer steht ein eisernes Bettgestell mit Messingkugeln. Die Wände sind wie auf dem Land weiß gekalkt, aber es ist alles sehr sauber.«

Maigret hörte mißgestimmt zu. Solch ein Übereifer war ihm höchst zuwider, vor allem, wenn – wie in Neveus Fall – der Betreffende nicht zu seiner Abteilung gehörte.

»Hast du ihr gesagt, daß Jef verhaftet worden ist?«

»War das ein Fehler?«

»Erzähl weiter!«

»Von Anfang an war mir klar – das habe ich an ihrer Reaktion gesehen –, daß sie nicht wußte, was er trieb. Sie hat sofort darauf getippt, daß er beim Klauen einer Brieftasche in der Metro oder in einem Bus erwischt worden wäre. Wahrscheinlich kam er gelegentlich auf diese Weise an Geld.«

Schon als er noch auf Jahrmärkten arbeitete, hatte Schramek sein diesbezügliches Talent bewiesen. Eine seiner Strafen hatte er wegen Taschendiebstahls abgesessen.

»Trotz ihrer Proteste habe ich die Wohnung durchsucht. Schließlich kam mir der Gedanke, die Messingkugeln an dem Bett abzuschrauben. Die Eisenstäbe sind hohl. In zwei von ihnen habe ich zusammengerollte Banknoten gefunden. Ein ganz hübsches Sümmchen! Françoise traute ihren Augen nicht. ›So viel Geld hat der Kerl, und mich läßt er bei fremden Leuten den Dreck wegkehren! Das werde ich ihm heimzahlen! Er soll nur nach Hause kommen, der wird was erleben...‹ Ihr Zorn wollte nicht verrauchen. Sie hat ihn alles mögliche genannt. Erst als ich ihr sagte, daß er dieses Geld sicher für den Fall beiseite gelegt hatte, daß ihm etwas zustieße, hat sie sich ein wenig beruhigt. ›Ich frage mich, wie es ihm gelungen ist, das nicht auch noch zu verwetten‹, hat sie gebrummt. Verstehen Sie jetzt, Chef? Letzten Samstag müssen sie sich ein dickes Bündel geteilt haben. Ich habe hier mehr als zweihunderttausend Francs. So eine große Summe konnte Jef nicht auf einmal setzen, vor allem nicht bei Fernand. Und wenn sie halbe-halbe gemacht haben, hatte Monsieur Louis ebenfalls einen recht ansehnlichen Betrag.«

»Ich danke dir.«

»Was mache ich mit dem Geld?«

»Hast du es mitgenommen?«

»Ja, für alle Fälle. Ich konnte es doch nicht dortlassen.«

»Geh zu deinem Chef und bitte ihn, die Sache nach allen Regeln der Kunst von vorn anzufangen.«

»Ich soll?...«

»Verflucht noch mal! Ich lege keinen Wert darauf, daß die Anwälte uns unterschieben, wir hätten das Geld dort versteckt, wo du es gefunden hast.«

»Habe ich eine Dummheit gemacht?«

»Eine Riesendummheit.«

»Ich bitte Sie um Entschuldigung. Ich wollte...«

Maigret legte auf. Torrence saß im Büro.

»Hast du etwas zu tun?«

»Nichts Dringendes.«

»Dann geh zu Kommissar Antoine. Er soll bitte von seinen Leuten eine Liste zusammenstellen lassen mit den Diebstählen in den Geschäften der Grands Boulevards aus den letzten zweieinhalb Jahren, insbesondere die Diebstähle während der Mittagspause, wenn die Läden geschlossen hatten.«

Diebstähle waren Sache der Abteilung Antoines. Seine Büros befanden sich am anderen Ende des Flurs.

Maigret kehrte zu Albert Jorisse zurück, der sich eine neue Zigarette angezündet hatte, und entließ den Inspektor, der inzwischen auf Albert aufgepaßt hatte.

»Ich wäre auch so nicht fortgelaufen.«

»Mag sein. Aber vielleicht hättest du gern mal einen Blick in die Akten auf meinem Schreibtisch geworfen. Gib zu, du hättest es getan?«

»Vielleicht.«

»Darin liegt der ganze Unterschied.«

»Welcher Unterschied?«

»Schon gut. Ich weiß, was ich sage.«

»Was werden Sie mit mir machen?«

»Im Augenblick warten wir.«

Maigret blickte auf seine Uhr und überschlug kurz, daß Lucas und Monique jetzt sicherlich beim Arzt im Wartezimmer saßen und in den ausliegenden Zeitschriften blätterten.

»Sie verachten mich, nicht wahr?«

Maigret zuckte mit den Schultern.

»Ich habe nie eine Chance gehabt.«

»Eine Chance wozu?«

»Da herauszukommen.«

»Wo herauszukommen?« Maigret wurde fast aggressiv.

»Ich sehe schon, Sie verstehen mich nicht. Wenn Sie Ihre ganze Kindheit immer nur das Wort Geld gehört, wenn Sie eine Mutter gehabt hätten, die vor jedem Monatsende zittert...«

»Ich habe meine Mutter nicht gekannt.«

Der junge Mann verstummte, und fast zehn Minuten lang schwiegen beide. Eine ganze Weile stand Maigret unbeweglich am Fenster, den Rücken zum Zimmer gewandt, und schaute den Regentropfen zu, die in kleinen Rinnsalen die Scheibe herunterrannen. Dann ging er im Zimmer auf und ab und öffnete schließlich – mit einer fast zu entschlossenen Bewegung – die Schranktür. Obwohl er das Glas schon vorher in dem Emaillebecken abgewaschen hatte, hielt er es noch einmal unter den Wasserhahn und goß sich dann einen Schluck Cognac ein.

»Du willst wohl keinen?«

»Nein danke.«

Albert Jorisse kämpfte verzweifelt gegen die Müdigkeit an. Seine Wangen glühten, und die Augen fielen ihm immer wieder zu. Ab und zu schwankte er auf seinem Stuhl.

»Vielleicht wirst du eines Tages trotzdem ein Mann sein.«

Er hörte Schritte im Flur, die Schritte eines Mannes und einer Frau, und er wußte, daß das Lucas und Monique waren. Jetzt galt es, eine Entscheidung zu treffen. Seit einer Viertelstunde grübelte er schon darüber nach: Sollte er das Mädchen hier oder im Nebenraum empfangen? Er zuckte mit den Schultern und öffnete die Tür.

Sie standen beide draußen, ziemlich durchnäßt. Monique hatte all ihre Sicherheit verloren, und als sie Albert sah, erstarrte sie, umklammerte mit beiden Händen ihre Handtasche und warf dem Kommissar einen zornigen Blick zu.

»Seid ihr beim Polizeiarzt gewesen?«

»Sie wollte erst nicht hin. Ich...«

»Welches Ergebnis?«

Jorisse war aufgestanden und schaute Monique an, als wollte er sie gleich auf Knien um Vergebung bitten.

»Nichts.«

»Sie ist nicht schwanger?«

»Sie ist es nie gewesen.«

Jorisse traute seinen Ohren nicht, wußte nicht mehr, wohin sich wenden. Am liebsten wäre er Maigret an die Kehle gesprungen, den er für den grausamsten Menschen der Welt zu halten schien.

Der Kommissar hatte inzwischen die Tür wieder geschlossen und bot Monique einen Stuhl an.

»Haben Sie etwas zu sagen?«

»Ich hatte geglaubt...«

»Nein.«

»Was wissen Sie schon davon? Sie sind keine Frau!«

Und zu Albert sagte sie: »Ich schwöre dir, Albert, ich habe wirklich geglaubt, ein Kind zu bekommen.«

In ruhig nüchternem Ton fragte Maigret: »Wie lange?«

»Mehrere Tage.«

»Und danach?«

»Danach habe ich ihn nicht enttäuschen wollen.«

»Ihn enttäuschen?«

Maigret zwinkerte Lucas zu, der ihm daraufhin ins

Nachbarbüro folgte. Sie schlossen die Tür hinter sich und ließen die beiden Turteltäubchen allein.

»Als ich ihr gesagt habe, daß sie einen Arzt aufsuchen müsse, habe ich gleich gemerkt, daß da etwas nicht stimmte. Sie hat protestiert. Erst als ich ihr gedroht habe, sie und Albert zu verhaften...«

Maigret hörte nicht hin. Er wußte das alles. Torrence saß wieder an seinem Schreibtisch.

»Hast du meinen Auftrag erledigt?«

»Sie stellen gerade die Liste zusammen. Sie wird ziemlich lang werden. Seit mehr als zwei Jahren arbeiten Kommissar Antoines Leute schon an den Diebstählen. Es scheint, daß...«

Maigret ging zu der Verbindungstür und lauschte.

»Was machen sie?« fragte Lucas.

»Nichts.«

»Sprechen sie nicht miteinander?«

»Ich höre nichts.«

Maigret begab sich zum Chef, berichtete ihm vom Stand der Dinge und plauderte dann noch über dies und jenes. Eine knappe Stunde verging, in der der Kommissar verschiedene Büros aufsuchte und sich mit seinen Kollegen unterhielt. Als er in sein eigenes Büro zurückkehrte, saßen Albert und Monique noch genauso da, wie er sie verlassen hatte, jeder auf seinem Stuhl, zwischen ihnen ein Abstand von drei Meter. Das Mädchen hatte ein verschlossenes Gesicht und um den Mund denselben harten Zug wie ihre Mutter und ihre Tanten. Unbestimmbare Verachtung und Haß sprachen aus ihren Augen, wenn sie zufällig zu dem jungen Mann hinüberschaute.

Jorisse dagegen wirkte völlig niedergeschlagen. Seine Augen waren rot vor Müdigkeit; vielleicht hatte er auch geweint.

»Sie sind frei«, sagte Maigret kurz und ging auf seinen Sessel zu.

»Werden die Zeitungen davon berichten?« fragte Monique.

»Dazu besteht kein Anlaß.«

»Wird meine Mutter es erfahren?«

»Nicht unbedingt.«

»Und meine Arbeitgeber?«

Maigret schüttelte den Kopf, worauf sie sich sichtlich erleichtert erhob und, ohne Jorisse auch nur eines Blickes zu würdigen, auf die Tür zuschritt. Die Hand auf der Klinke, drehte sie sich zum Kommissar um.

»Geben Sie zu, daß Sie das absichtlich getan haben!«

»Ja«, antwortete er und wandte sich seufzend an Jorisse: »Du bist auch frei.« Und als der Junge sich nicht rührte: »Läufst du ihr nicht nach?«

Sie war schon auf der Treppe.

»Meinen Sie, daß ich es tun sollte?«

»Was hat sie zu dir gesagt?«

»Sie hat mich einen Idioten genannt.«

»Sonst nichts?«

»Sie hat mir verboten, in Zukunft auch nur ein Wort an sie zu richten.«

»Und jetzt?«

»Nichts. Ich weiß nicht weiter.«

»Du kannst gehen.«

»Was soll ich meinen Eltern sagen?«

»Was du willst. Sie werden überglücklich sein, ihren Sohn wiederzuhaben.«

»Glauben Sie?«

Er mußte ihn geradezu hinausschieben. Der Junge schien noch etwas auf dem Herzen zu haben.

»Nun geh doch, du Idiot!«

»Bin ich kein Gauner mehr?«

»Ein Idiot bist du. Sie hat schon recht.«

Albert Jorisse wandte den Kopf ab und flüsterte mit erstickter Stimme: »Danke.«

Endlich allein in seinem Büro, konnte Maigret sich einen Cognac genehmigen.

9

Der ungeduldige Untersuchungsrichter Coméliau

Sind Sie es, Maigret?«

»Ja, Euer Gnaden.«

Es war der gewohnte tägliche Telefonanruf, und wenn gerade einer seiner Mitarbeiter in seinem Büro war, konnte Maigret es sich nicht verkneifen, diesem bedeutungsvoll zuzuzwinkern. Er schlug immer einen besonders schmeichelnden Ton an, wenn er mit dem Richter sprach.

»Wie steht es mit dem Fall Thouret?«

»Na ja, es geht.«

»Finden Sie nicht, daß sich die Geschichte etwas lange hinzieht?«

»Ach wissen Sie, ein Raubmord klärt sich nicht so schnell auf.«

»Sind Sie sicher, daß es Raubmord war?«

»Sie haben doch selbst von Anfang an gesagt: ›Das sieht ja ein Blinder.‹«

»Glauben Sie, was dieser Schramek erzählt?«

»Ich bin überzeugt, daß er die Wahrheit gesagt hat.«

»Und wer hat dann Louis Thouret ermordet?«

»Jemand, der auf sein Geld aus war.«

»Versuchen Sie jedenfalls, die Sache zu beschleunigen.«

»Jawohl, Euer Gnaden.«

Aber Maigret tat nichts dergleichen, sondern widmete sich zwei anderen Fällen, die fast seine ganze Zeit beanspruchten. Drei Männer, darunter Janvier und der kleine Lapointe, lösten sich gegenseitig ab, um das Haus in der Rue d'Angoulême rund um die Uhr zu bewachen; nach wie vor wurde das Telefon abgehört.

Der Kommissar kümmerte sich auch nicht mehr um Madame Thouret, um ihre Tochter oder den jungen Jorisse, der jetzt wieder ganztags in der Buchhandlung am Boulevard Saint-Michel arbeitete. Es war, als hätte er nie etwas mit den Thourets zu tun gehabt.

Die den Einbruch betreffende Akte hatte er seinem Kollegen Antoine übergeben, der Jef den Clown alias den Akrobaten fast täglich verhörte. Ab und zu traf Maigret Schramek auf dem Flur und fragte ihn dann:

»Na, wie geht es?«

»Es geht, Herr Kommissar.«

Es war kalt. Der Regen hatte aufgehört. Die Wirtin in der Rue d'Angoulême hatte noch keinen neuen Mieter gefunden, die beiden Zimmer standen immer noch leer. Nach wie vor wohnten die drei Mädchen in dem Haus, die allerdings ihr gewohntes Gewerbe nicht auszuüben wagten, da das Gebäude überwacht wurde. Sie gingen kaum aus, höchstens einmal, um in einem naheliegenden Restaurant etwas zu essen oder beim Metzger etwas einzukaufen. Hin und wieder ging mal eine ins Kino.

»Was treiben sie den ganzen Tag?« fragte Maigret eines Tages Janvier.

»Sie schlafen, spielen Karten oder legen Patiencen. Eine von ihnen heißt Arlette, sie streckt mir jedesmal die Zunge raus, wenn sie mich durch die Gardinen sieht. Gestern ist sie zu einer anderen Taktik übergegangen: sie hat sich umgedreht, ihren Morgenmantel hochgezogen und mir ihren blanken Hintern gezeigt.«

Die Polizei in Marseille forschte nach dem Messer, und zwar nicht nur in der Stadt selbst, sondern auch in den umliegenden Ortschaften. Gleichzeitig nahm man gewisse Leute aus der Unterwelt unter die Lupe, die in den letzten Monaten nach Paris hochgefahren waren.

All dies wurde in ruhiger Routine erledigt und brachte keine greifbaren Resultate. Trotzdem vergaß Maigret Monsieur Louis nicht. Einmal sogar, als er in einer anderen Angelegenheit in die Rue de Clignancourt kam, ließ er den Wagen vor Léones Laden halten. Selbst an die alte Dame hatte er gedacht und ihr vorher ein Stück Sahnetorte gekauft.

»Haben Sie noch nichts herausbekommen?«

»Über kurz oder lang wird es soweit sein.«

Von Monsieur Louis' Unternehmungen erzählte er der ehemaligen Sekretärin nichts.

»Wissen Sie denn, warum er ermordet worden ist?«

»Wegen seines Geldes.«

»Hat er denn so viel verdient?«

»Genug, um ein bequemes Leben führen zu können.«

»Der arme Mensch! Daß er gerade ermordet werden mußte, wo es ihm endlich gutging!«

Einmal hatte er in der Nähe des Blumenmarktes Monsieur Saimbron getroffen, den er seither nicht mehr aufgesucht hatte. Sie hatten sich freundlich gegrüßt.

Eines Morgens endlich kam ein Anruf aus Marseille.

Maigret führte ein sehr langes Gespräch und ging dann hinauf in die Registratur, wo er fast eine Stunde lang in den Karteikarten wühlte. Anschließend begab er sich ins Archiv, wo er sich ebensolange aufhielt.

Gegen elf Uhr stieg er in den Wagen.

»Rue d'Angoulême.«

Lapointe, der mit der Wache an der Reihe war, stand vor dem Haus.

»Sind sie alle da?«

»Eine ist weggegangen. Sie macht hier im Viertel ihre Einkäufe.«

»Welche?«

»Olga, die Dunkelhaarige.«

Er klingelte. Der Vorhang bewegte sich. Mariette Gibon, die Wirtin, schlurfte in Pantoffeln an die Tür und öffnete ihm.

»Sieh mal an! Der große Meister bemüht sich heute persönlich her! Haben Ihre Leute eigentlich noch nicht die Nase voll vom Wacheschieben?«

»Ist Arlette oben?«

»Soll ich sie rufen?«

»Danke. Ich gehe lieber hinauf.«

Unruhig schaute sie ihm nach, als er die Treppe hinaufstieg und an die Tür im ersten Stock klopfte.

»Herein!«

Arlette war wie gewöhnlich im Morgenrock, lag auf dem ungemachten Bett und las in einem Groschenroman.

»Sie?«

»Ja, ich«, erwiderte Maigret, legte seinen Hut auf die Kommode und nahm einen Stuhl.

Sie schien ebenso verblüfft wie belustigt über sein Kommen zu sein.

»Ist denn die Geschichte immer noch nicht zu Ende?«

»Sie wird zu Ende sein, sobald der Mörder gefaßt ist.«

»Haben Sie ihn noch nicht gefaßt? Ich hatte Sie für so überaus schlau gehalten. Es stört Sie doch sicher nicht, daß ich Sie im Morgenrock empfange?«

»Überhaupt nicht.«

»Freilich, Sie müssen ja schon daran gewöhnt sein.«

Als sie sich auf dem Bett umdrehte, klaffte ihr Morgenrock auseinander. Da Maigret keinerlei Notiz davon zu nehmen schien, bemerkte sie frech:

»Ist das die ganze Wirkung, die das auf Sie macht?«

»Was?«

»Mich so zu sehen.«

Und als er immer noch keine Miene verzog, verlor sie die Geduld und fragte mit einer schamlosen Geste: »Wollen Sie?«

»Danke.«

»Danke, ja?«

»Danke, nein.«

»Na schön, mein Alterchen... Sie, na!«

»Macht es Ihnen Spaß, so ordinär zu sein?«

»Wollen Sie mich obendrein auch noch anschnauzen?«

Immerhin hatte sie ihren Morgenrock jetzt wieder zusammengebunden und sich auf die Bettkante gesetzt.

»Was wollen Sie eigentlich von mir?«

»Ihre Eltern glauben immer noch, daß Sie in der Avenue Matignon arbeiten, nicht wahr?«

»Was soll denn das?«

»Sie haben ein Jahr lang in dem Hutgeschäft *Hélène et Hélène* in der Avenue Matignon gearbeitet.«

»Na und?«

»Ich frage mich, ob Ihr Vater weiß, daß Sie den Beruf gewechselt haben?«

»Geht Sie das etwas an?«

»Ihr Vater ist ein anständiger Mensch.«

»Ja, ein alter Knacker.«

»Wenn er wüßte, was Sie treiben...«

»Wollen Sie es ihm sagen?«

»Vielleicht.«

Diesmal gelang es ihr nicht, ihre Erregung zu verbergen.

»Waren Sie in Clermont-Ferrand? Haben Sie meine Eltern gesprochen?«

»Noch nicht.«

Sie sprang auf, stürzte zur Tür und riß sie auf. Mariette Gibon stand vor ihr. Sie mußte gelauscht haben.

»Tu dir bloß keinen Zwang an, du...«

»Darf ich hereinkommen?«

»Nein. Laß mich in Ruhe. Und solltest du noch einmal auf den Gedanken kommen, mir hinterherzuspionieren, dann...«

Maigret blieb friedlich auf seinem Stuhl sitzen.

»Nun?« fragte er.

»Was heißt nun? Was wollen Sie?«

»Das wissen Sie ganz gut.«

»Nein. Drücken Sie sich bitte etwas deutlicher aus.«

»Seit einem halben Jahr wohnen Sie in diesem Haus.«

»Weiter?«

»Sie verbringen hier den größten Teil des Tages, und Sie wissen, was hier vorgeht.«

»Reden Sie nur.«

»Es gibt jemanden, der regelmäßig ins Haus kam, es aber seit Monsieur Louis' Tod nicht mehr betreten hat.«

Ihre Pupillen schienen sich zusehends zu verkleinern. Noch einmal ging sie an die Tür, doch es stand niemand dahinter.

»Jedenfalls ist diese Person nicht meinetwegen gekommen.«

»Sondern?«

»Das müssen Sie wissen. Ich will mich jetzt lieber anziehen.«

»Warum?«

»Weil ich mich nach diesem Gespräch lieber nicht länger hier aufhalten möchte.«

Sie ließ ihren Morgenrock fallen, diesmal jedoch ohne irgendwelche Absichten. Sie streifte ein Höschen und einen Büstenhalter über und öffnete dann den Wandschrank.

»Ich hätte mir ja denken können, daß es so enden würde«, murmelte sie vor sich hin. »Hören Sie, ich finde, Sie sind ganz schön clever, was?«

»Es ist mein Beruf, Verbrecher hinter Schloß und Riegel zu bringen.«

»Haben Sie ihn verhaftet?«

Sie hatte ein schwarzes Kleid gewählt und malte sich jetzt kräftig die Lippen an.

»Noch nicht.«

»Wissen Sie, wer es ist?«

»Sie werden es mir sagen.«

»Sie scheinen Ihrer Sache sehr sicher zu sein.«

Er zog seine Brieftasche heraus, entnahm ihr das Foto eines etwa dreißigjährigen Mannes, der eine Narbe an der linken Schläfe hatte. Sie warf einen flüchtigen Blick auf das Bild und blieb stumm.

»Ist er es?«

»Ihrer Meinung nach scheint er es ja zu sein.«

»Täusche ich mich?«

»Wohin kann ich gehen, bis Sie ihn verhaftet haben?«

»Irgendwohin, wo einer meiner Inspektoren sich um Sie kümmern wird.«

»Welcher?«

»Welcher wäre Ihnen am liebsten?«

»Der Dunkle mit dem vollen Haar.«

»Inspektor Lapointe.«

Maigret deutete wieder auf das Foto und fragte:

»Was wissen Sie über Marco?«

»Daß er der Geliebte der Wirtin ist. Müssen wir uns unbedingt hier darüber unterhalten?«

»Wo ist er?«

Ohne auf die Frage zu antworten, stopfte sie ihre Kleider und ihre persönlichen Dinge wahllos in einen großen Koffer. Anscheinend hatte sie es eilig, aus diesem Haus zu kommen.

»Wir können unser Gespräch draußen fortsetzen«, sagte sie, und als Maigret sich bückte, um ihren Koffer zu nehmen, meinte sie:

»Sieh an! Sie können auch galant sein!«

Die Tür des kleinen Salons im Erdgeschoß stand offen. Mariette Gibon stand regungslos, mit angstvoll verzerrtem Gesicht auf der Schwelle.

»Wohin gehst du?«

»Wohin der Kommissar mich führen wird.«

»Sie verhaften sie?«

Weiter wagte sie nichts zu sagen. Sie blickte den beiden nach, wie sie das Haus verließen, trat dann ans Fenster und schob die Gardine ein wenig zur Seite.

Maigret stellte den Koffer in den Wagen und sagte zu Lapointe: »Ich schicke jemand, der dich ablösen soll. Dann kommst du uns nach in die Brasserie de la République.«

»Gut, Chef.«

Der Kommissar gab dem Chauffeur einige Anweisungen, stieg aber nicht in den Wagen, sondern rief dem Mädchen zu: »Kommen Sie!«

»In die Brasserie de la République?«

»Vorerst ja.«

Es waren nur ein paar Schritte dorthin. Sie setzten sich an einen Tisch im hinteren Teil des Lokales.

»Ich muß noch ein Telefongespräch führen. Ich rate Ihnen dringend, inzwischen nicht abzuhauen.«

»Okay.«

Maigret rief im Büro an und gab Torrence seine Instruktionen. Zurück am Tisch, bestellte er zwei Aperitifs.

»Wo ist Marco?«

»Ich weiß es nicht. Nachdem Sie das erstemal da waren, hat die Wirtin mich bei ihm anrufen lassen, um ihm auszurichten, er solle bis auf weiteres weder telefonieren noch vorbeikommen.«

»Wann haben Sie ihm diese Nachricht übermittelt?«

»Eine halbe Stunde, nachdem Sie gegangen waren, habe ich in einem Restaurant am Boulevard Voltaire telefoniert.«

»Haben Sie ihn persönlich gesprochen?«

»Nein. Es war der Kellner einer Bar in der Rue de Douai am Apparat.«

»Wie heißt er?«

»Félix.«

»Und die Bar?«

»›Poker d'As‹.«

»Sie hat seither nichts von ihm gehört?«

»Nein. Und sie leidet sehr darunter. Sie weiß ja, daß sie zwanzig Jahre älter ist als er, und lebt ständig mit dem Gedanken, daß er mit jungen Mädchen zusammen ist.«

»Hat er das Geld?«

»Das weiß ich nicht. Er ist an jenem Tag dagewesen.«

»An welchem Tag?«

»An dem Montag, als Monsieur Louis ermordet wurde.«

»Um wieviel Uhr ist er in die Rue d'Angoulême gekommen?«

»Gegen fünf. Sie haben sich im Zimmer der Wirtin eingeschlossen.«

»Ist sie in Monsieur Louis' Zimmer gegangen?«

»Kann schon sein. Ich habe nicht darauf geachtet. Nach ungefähr einer Stunde ist er wieder gegangen. Ich hörte, wie die Tür zuschlug.«

»Hat sie nicht versucht, ihm durch Sie oder eines der anderen Mädchen eine Nachricht zukommen zu lassen?«

»Sie hat angenommen, daß man uns verfolgen würde.«

»Hat sie geahnt, daß ihr Telefon abgehört wurde?«

»Sie hat das mit der Pfeife gleich begriffen. Schlau genug ist sie ja. Ich mag sie nicht besonders, aber sie ist arm dran, so verrückt nach ihm, daß sie ganz krank dabei wird.«

Als der kleine Lapointe eintrat, fand er die beiden friedlich am Tisch sitzen.

»Was trinkst du?« fragte ihn Maigret.

Lapointe wagte kaum, das Mädchen anzusehen, das ihn lächelnd musterte.

»Dasselbe wie Sie.«

»Du wirst sie in ein ruhiges Hotel bringen, in dem es zwei miteinander verbundene Zimmer gibt. Du bleibst bei ihr, bis ich dir Bescheid gebe. Sobald du die Zimmer hast, rufst du mich an und sagst mir, wo du bist. Du kannst ruhig hier in der Nähe bleiben. Wahrscheinlich findest du schon im Hôtel Moderne gegenüber etwas. Am besten, sie trifft niemanden und nimmt ihre Mahlzeiten auf dem Zimmer ein.« Als die beiden das Lokal verließen, sah es so aus, als ob sie auf ihn aufpaßte.

Es dauerte noch zwei Tage. Jemand – man erfuhr nie, wer – mußte Félix, den Kellner in der Rue de Douai, gewarnt haben, der sich daraufhin bei einem Freund versteckt hielt, wo man ihn erst am Abend des nächsten Tages aufstöberte.

Die halbe Nacht mußte er verhört werden, bis er schließlich zugab, Marco zu kennen, und dessen Adresse herausrückte. Marco hatte Paris verlassen. Er war in einem Gasthof am Seineufer, einem Anglertreffpunkt, abgestiegen. Zu dieser Jahreszeit jedoch war Marco der einzige Gast.

Bevor er überwältigt wurde, konnte er noch zwei Schüsse abfeuern, die aber niemand trafen. Die Banknoten, die er Monsieur Louis gestohlen hatte, trug er in einem Gürtel, den ihm Mariette Gibon wahrscheinlich extra für diesen Zweck genäht hatte.

»Sind Sie's, Maigret?«

»Ja, Euer Gnaden.«

»Was macht der Fall Thouret?«

»Ist abgeschlossen. Ich schicke Ihnen gleich den Mörder und seine Komplizin.«

»Wer ist es? Es war also doch gemeiner Raubmord?«

»Wie er gemeiner nicht sein kann. Geplant und ausgeführt von der Besitzerin eines zweifelhaften Hauses und ihrem Geliebten, einem ›schweren Jungen‹ aus Marseille. Monsieur Louis war so unbedarft, sein ganzes Geld auf dem Spiegelschrank zu verstecken, und...«

»Was sagen Sie?«

»...und mußte daran gehindert werden, daß er das Fehlen des Geldes entdeckte. Marco hat das übernommen. Wir haben auch den Verkäufer des Messers ausfindig gemacht. Bis heute abend haben Sie meinen Bericht...«

Für Maigret war das die unangenehmste Arbeit von allem. Er saß den ganzen Nachmittag daran, die Zungenspitze zwischen den Lippen, wie ein Schuljunge.

Am Abend, als er mit dem Essen fertig war, erinnerte er sich plötzlich an Arlette und den kleinen Lapointe.

»Himmel! Ich hab was vergessen!« rief er aus.

»Ist es schlimm?« fragte Madame Maigret.

»Nein, allzu schlimm wird es wohl nicht sein. Jetzt ist es sowieso zu spät, da kann ich auch noch bis morgen früh warten. Gehen wir schlafen?«

Lakeville (Connecticut),
September 1952

Bitte beachten Sie auch
die folgenden Seiten

Georges Simenon in der Diogenes Neuedition

Seit 1977 betreut der Diogenes Verlag das Gesamtwerk Georges Simenons in einer Werkausgabe. Im Laufe der Jahre erschienen über 200 Bände. Seit 1995 werden Simenons Werke im Rahmen einer Neuedition in zum Teil neuen oder überarbeiteten Übersetzungen wieder aufgelegt.

»Allmählich gibt es wieder Simenon zu kaufen, und gerade wer ihn noch nicht kennt, der hat jetzt die Möglichkeit, sich Zug um Zug und auf ganz übersichtliche Weise in Simenon einzulesen.«
Rolf Vollmann / Südwestfunk, Baden-Baden

Im Rahmen der Neuedition bisher erschienen:
(Stand Sommer/Herbst 1998)

Romane

Bellas Tod
Roman. Aus dem Französischen von Elisabeth Serelmann-Küchler

Drei Zimmer in Manhattan
Roman. Deutsch von Linde Birk

Der große Bob
Roman. Deutsch von Linde Birk

Die Wahrheit über Bébé Donge
Roman. Deutsch von Renate Nickel

Der Mann, der den Zügen nachsah
Roman. Deutsch von Walter Schürenberg

Der Mörder
Roman. Deutsch von Lothar Baier

Der kleine Heilige
Roman. Deutsch von Trude Fein

Antoine und Julie
Roman. Deutsch von Eugen Helmlé

45 Grad im Schatten
Roman. Deutsch von Angela von Hagen

Der Schnee war schmutzig
Roman. Deutsch von Willi A. Koch

Der Tod des Auguste Mature
Roman. Deutsch von Anneliese Botond

Die Witwe Couderc
Roman. Deutsch von Hanns Grössel

Die Verlobung des Monsieur Hire
Roman. Deutsch von Linde Birk

Tropenkoller
Roman. Deutsch von Annerose Melter

Der Zug aus Venedig
Roman. Deutsch von Liselotte Julius

Die Glocken von Bicêtre
Roman. Deutsch von Magda Kurz

Die Fantome des Hutmachers
Roman. Deutsch von Eugen Helmlé

Der Mann mit dem kleinen Hund
Roman. Deutsch von Stefanie Weiss

Die Komplizen
Roman. Deutsch von Stéfanie Weiss

Wellenschlag
Roman. Deutsch von Ulrich Hartmann

Maigret-Romane und -Erzählungen

Maigret und die alte Dame
Roman. Deutsch von Renate Nickel

Maigret und die junge Tote
Roman. Deutsch von Raymond Regh

Maigret als möblierter Herr
Roman. Deutsch von Wolfram Schäfer

Maigret und die Keller des ›Majestic‹
Roman. Deutsch von Linde Birk

Maigret zögert
Roman. Deutsch von Annerose Melter

Maigret und der verstorbene Monsieur Gallet
Roman. Deutsch von Roswitha Plancherel

Weihnachten mit Maigret
Erzählung. Deutsch von Hans-Joachim Hartstein

Maigret bei den Flamen
Roman. Deutsch von Claus Sprick

Maigret und die Bohnenstange
Roman. Deutsch von Guy Montag

Maigrets erste Untersuchung
Roman. Deutsch von Roswitha Plancherel

Maigret und der Mann auf der Bank
Roman. Deutsch von Annerose Melter

Maigret und der Gehängte von Saint-Pholien
Roman. Deutsch von Sibylle Powell

Maigret und der Verrückte von Bergerac
Roman. Deutsch von Hainer Kober

Maigrets Nacht an der Kreuzung
Roman. Deutsch von Annerose Melter

Biographisches

Als ich alt war
Tagebücher 1960–1963. Deutsch von Linde Birk

Brief an meine Mutter
Deutsch von Trude Fein

Außerdem erschienen:

Über Simenon
Essays, Aufsätze und Zeugnisse von André Gide bis Alfred Andersch. Mit Lebensdaten, Bibliographie und Filmographie. Herausgegeben von Claudia Schmölders und Christian Strich. Zweite, erweiterte und verbesserte Auflage

Simenon auf der Couch
Fünf Ärzte verhören den Autor sieben Stunden lang. Deutsch von Irène Kuhn. Mit einer Vita in 43 Bildern, einer Bibliographie und Filmographie

Carissimo Simenon
Mon cher Fellini
Der Briefwechsel zwischen Federico Fellini und Georges Simenon. Mit einem Vorwort von Claude Gauteur und einem Gespräch von Georges Simenon mit Federico Fellini. Aus dem Italienischen und Französischen von Linde Birk. Herausgegeben von Claude Gauteur und Silvia Sager

Robert J. Courtine
Simenon und Maigret bitten zu Tisch
Die klassischen französischen Bistrorezepte der Madame Maigret. Aus dem Französischen von Pierre F. Sommer

Magdalen Nabb im Diogenes Verlag

Tod im Frühling

Roman. Aus dem Englischen von Matthias Müller. Mit einem Vorwort von Georges Simenon

Schnee im März – in Florenz etwas so Ungewöhnliches, daß niemand bemerkt, wie zwei ausländische Mädchen mit vorgehaltener Pistole aus der Stadt entführt werden. Eine davon wird fast sofort wieder freigelassen. Die andere, eine reiche Amerikanerin, bleibt spurlos verschwunden. Die Suche geht in die toskanischen Hügel, zu den sardischen Schafhirten – schon unter normalen Umständen eine sehr verschlossene Gemeinschaft. Aber es war keine gewöhnliche Entführung. Die Lösung ist so unerwartet wie Schnee im März – oder *Tod im Frühling*.

»Nie eine falsche Note. Es ist das erste Mal, daß ich das Thema Entführung so einfach und verständlich behandelt sehe. Bravissimo!« *Georges Simenon*

Terror

mit Paolo Vagheggi

Roman. Deutsch von Bernd Samland

Italien 1988 – Zehn Jahre sind vergangen, seit die Entführung und Ermordung des christdemokratischen Politikers Carlo Rota die Weltöffentlichkeit erschütterte. Die Hintergründe des Verbrechens sind ungeklärt geblieben, die Führer der Roten Brigaden ungestraft. Viele in Italien zögen es vor, die Ereignisse in Vergessenheit geraten zu lassen. Doch der Kampf gegen den Terrorismus geht weiter – Lapo Bardi, stellvertretender Staatsanwalt in Florenz, führt ihn unerbittlich.

Der Fall Aldo Moro, mit großer Könner- und Kennerschaft in einen glänzenden politischen Krimi umgesetzt.

»Fesselnd ist nicht allein die feingesponnene Kriminalhandlung sondern auch das sie umgebende Geflecht menschlicher Beziehungen. Der Leser wird mit jeder Seite aufs neue gepackt.«
The Guardian, London

Tod im Herbst

Roman. Deutsch von Matthias Fienbork

Die Tote, die an einem nebligen Herbstmorgen aus dem Arno gefischt wurde, war vielleicht nur eine Selbstmörderin. Aber wer schon würde, nur mit Pelzmantel und Perlenkette bekleidet, ins trübe Wasser des Flusses springen? Überall hieß es, die Frau habe sehr zurückgezogen gelebt. Was für eine Rolle spielten dann die ›Freunde‹, die plötzlich auftauchten?
Wachtmeister Guarnaccia in seinem Büro an der Piazza Pitti in Florenz ahnte, daß der Fall schwierig und schmutzig war – Drogen, Erpressung, Sexgeschäfte –, aber daß nur weitere Tote das Dickicht der roten Fäden entwirren sollten, konnte er nicht wissen…

»Simenon hat Magdalen Nabb gepriesen, und mit *Tod im Herbst* kommt sie einem Florentiner Maigret ohne Zweifel am nächsten.« *The Sunday Times, London*

Tod eines Engländers

Roman. Deutsch von Matthias Fienbork

Florenz, kurz vor Weihnachten: Wachtmeister Guarnaccia brennt darauf, nach Sizilien zu seiner Familie zu kommen, doch da wird er krank, und es geschieht ein Mord. Carabiniere Bacci wittert seine Chance: Was ihm an Erfahrung fehlt, macht er durch Strebsamkeit wett! Betrug und gestohlene Kunstschätze kommen ans Licht, aber sie sind nur der Hintergrund zu einer privaten Tragödie. Zuletzt ist es doch der Wachtmeister, der (wenn auch eher unwillig) dem

Tod einer Verrückten

Roman. Deutsch von Irene Rumler

Warum sollte jemand Clementina ermorden wollen, jene liebenswerte Verrückte, die jeder kennt im Florentiner Stadtviertel San Frediano? Wie sie in ihrem abgetragenen Kleid vor sich hin schimpfend immer vor der Bar mit dem Besen herumfuhrwerkte – das war ein allen vertrautes Bild. Erst als Clementina tot ist, wird klar, wie wenig man eigentlich von ihr weiß. Guarnaccia steht ohne einen Hinweis auf ein Tatmotiv da. Bis er beginnt, Clementinas Vergangenheit zu erkunden und zu den traumatischen Ereignissen vordringt, die das Leben der alten Frau so nachhaltig beeinflußten …

»Mit diesem Buch findet ihre ausgezeichnete Romanserie, in deren Mittelpunkt der italienische Carabiniere Guarnaccia steht, eine würdige Fortsetzung.«
London Daily News

Das Ungeheuer von Florenz

Roman. Deutsch von Silvia Morawetz

Endlich scheint das Ungeheuer von Florenz, der Mörder von acht Liebespaaren, gefaßt zu sein – nach über 20 Jahren Ermittlungsarbeit eine Sensation. Das Ergebnis des Indizienprozesses vermag Maresciallo Guarnaccia jedoch nicht zu überzeugen. Er sieht hinter die Kulissen einer korrupten Justiz, setzt dort an, wo diese schludrig gearbeitet hat, und stößt dabei auf schauerlichste Familienverhältnisse.
Ein Roman, der behutsam mit einem brisanten Thema umgeht: dem Prozeß von 1994 gegen den mutmaßlichen Serienmörder von Florenz.

»Ein unheimlicher Thriller, in dem Vergangenheit und Gegenwart aufeinanderprallen in einem Florenz, das in Sachen Grausamkeit dem der Medici in nichts nachsteht und wo Lügen oft glaubwürdiger sind als die Wahrheit.« *Manchester Evening News*

Geburtstag in Florenz

Roman. Deutsch von Christa Seibicke

Oben auf den Hügeln vor Florenz liegt in der Villa Torrini eine bekannte Schriftstellerin tot in ihrer Badewanne. Unten in der Stadt kämpft Guarnaccia vergeblich gegen neue Launen der Bürokratie und gegen die Hungerattacken, die ihm seine Diät beschert. Der Fall fordert klares Denken, aber der Maresciallo ist vor Hunger ganz benebelt und fühlt sich gedemütigt vom Sarkasmus des berüchtigtsten Staatsanwaltes in der Stadt. Als er Freundeskreis und Ehemann der toten Schriftstellerin befragen muß, befürchtet Guarnaccia schon, daß dieser Fall seine Möglichkeiten übersteigt. Doch da kommt Hilfe in Gestalt einer lang verdrängten Erinnerung aus seiner Schulzeit in Sizilien: Das weit zurückliegende Leiden von Vittorio, dem zerlumpten Kind der Dorfnutte, bringt den Maresciallo auf die Lösung des geheimnisvollen Falles in der Villa Torrini.

»Carabiniere Guarnaccia ist der Typ Inspektor Columbo: etwas langsam, fast trottelig, aber nachdenklich und beständig, einer, der den Nebenaspekten eines Falles nachgeht und sich auch nicht scheut, eine Untersuchung noch einmal von vorne zu beginnen, weil er Zweifel an deren Ergebnissen hat. Ein aufrechter Polizist mit einem guten Herzen, der nebenher noch alten Damen ihre Handtaschen zurückbringt und ihnen, aus Mitleid, den Diebstahl aus der eigenen Brieftasche ersetzt.« *Deutsche Welle, Köln*

Mörder auf die Spur kommt – und an Heiligabend gerade noch den letzten Zug nach Syrakus erwischt.

»Unheimlich spannend und gleichzeitig von goldener, etwas morbider Florentiner Atmosphäre.«
The Financial Times, London

Tod eines Holländers

Roman. Deutsch von Matthias Fienbork

Es gab genug Ärger, um die Polizei monatelang in Atem zu halten. Überall in Florenz wurden Touristen beraubt, Autos gestohlen, und irgendwo in der Innenstadt gingen Terroristen klammheimlich ans Werk. Dagegen sah der Selbstmord eines holländischen Juweliers wie ein harmlos klarer Fall aus. Es gab zwar ein paar Unstimmigkeiten. Aber die einzigen Zeugen waren ein Blinder und eine alte Frau, die bösartigen Klatsch verbreitete. Trotzdem war dem Kommissar nicht wohl in seiner Haut – es war alles ein bißchen zu einfach...

»Eine gut ausgefeilte Mystery-Story, bestens eingefangen.« *The Guardian, London*

Tod in Florenz

Roman. Deutsch von Monika Elwenspoek

Sie ist auf dem Revier, um ihre Freundin vermißt zu melden. Beide sind Lehrerinnen und ursprünglich zum Italienischlernen aus der Schweiz nach Florenz gekommen und dann geblieben, um illegal zu arbeiten – die eine in einem Büro, die andere bei einem Töpfer in einer nahen Kleinstadt. Seit drei Tagen ist die bildhübsche Monika Heer spurlos verschwunden...

»Magdalen Nabb muß als die ganz große Entdeckung im Genre des anspruchsvollen Kriminalromans bezeichnet werden. Eine Autorin von herausragender internationaler Klasse.« *mid Nachrichten, Frankfurt*

Tod einer Queen

Roman. Deutsch von Matthias Fienbork

Alle haßten die lebende Lulu, und die tote Lulu war erst recht keine sympathische Erscheinung. Niemand wollte mit diesem unmöglichen Fall zu tun haben, schon gar nicht Carabiniere Guarnaccia. Es hatte andere Fälle dieser Art gegeben, doch als schon wenige Tage später die erste Festnahme erfolgte, waren alle Beteiligten verblüfft und beeindruckt. Nur Guarnaccia konnte sich, trotz aller Beweise, nicht vorstellen, daß die launenhafte Peppina einen so kaltblütigen und komplizierten Mord verübt haben sollte.

»Die Beobachtung der menschlichen Komponente in diesem Mordfall übertrifft sogar die meisterhafte Form.« *New York Times Book Review*

Tod im Palazzo

Roman. Deutsch von Matthias Fienbork

Mord, Selbstmord oder Unfall? Wenn es in einer der ältesten Adelsfamilien von Florenz einen Toten zu beklagen gibt, kann es nichts anderes als ein Unfall gewesen sein. Ein Selbstmord würde den Ruf der Familie ruinieren und den Verlust der dringend gebrauchten Versicherungssumme zur Folge haben. Wachtmeister Guarnaccia glaubt aber nicht, daß das, was im Palazzo Ulderighi geschehen ist, ein Unfall war. Doch darf er nichts von seinem Verdacht verlauten lassen, will er seine Stelle nicht riskieren.

»Dieser gutherzige sizilianische Wachtmeister Guarnaccia wurde von der *Times* mit Maigret verglichen. Er gleicht der Simenonschen Figur in seiner Weisheit, seiner kräftigen Körperlichkeit und in seinem gesunden Menschenverstand. Simenon gratulierte Magdalen Nabb zu ihrem lebendigen Florenz, mit seinem leichten Morgennebel, seinen Gerüchen und Geschmäcken.« *Il Messaggero, Rom*